U0943419

牛车轧过的青石板

NIUCHE YAGUO DE QINGSHIBAN

杨光 著

合肥工业大学出版社

图书在版编目(CIP)数据

牛车轧过的青石板/杨光著.—合肥:合肥工业大学出版社,2014.5
ISBN 978-7-5650-1823-7

Ⅰ.①牛… Ⅱ.①杨… Ⅲ.①散文集—中国—当代 Ⅳ.①I267

中国版本图书馆 CIP 数据核字(2014)第 086717 号

牛车轧过的青石板

杨 光 著　　责任编辑 疏利民

出 版	合肥工业大学出版社	版 次	2014 年 5 月第 1 版
地 址	合肥市屯溪路 193 号	印 次	2014 年 5 月第 1 次印刷
邮 编	230009	开 本	710 毫米×1010 毫米 1/16
电 话	总 编 室:0551-62903038	印 张	14.75
	市场营销部:0551-62903198	字 数	173 千字
网 址	www.hfutpress.com.cn	印 刷	安徽江淮印务有限责任公司
E-mail	hfutpress@163.com	发 行	全国新华书店

ISBN 978-7-5650-1823-7　　定价:32.00 元

如果有影响阅读的印装质量问题,请与出版社市场营销部联系调换。

唱响颍淮文化（代序）

中华文化，博大精深，源远流长，绵延不绝，是世界文化之林中最灿烂、最辉煌的一部分。而各具特色的地域文化，是构成中华文化的宏伟篇章，为中华文化的繁荣和发展，发挥了极其重要的作用。

江淮大地，人杰地灵。生活在这片沃土上的江淮儿女创造了独具魅力的安徽文化，即人们所称道的徽文化。徽文化作为中华文化的一部分，在学术思想、科学技术、文学艺术等领域，对中华文化作出了很大的贡献。而从区域文化的角度看，徽文化可以分为淮河文化、皖江文化和徽州文化三个文化圈。颍淮文化是淮河文化圈中的一个亚文化圈，主要是指由颍河流经淮河流域而形成的地域文化，它也是徽文化的一个重要组成部分。颍淮文化现象展示了中华文化既具多元化，又具一体化的特征。它既是中华文化体系中的重要组成部分，同时也保留着自己的风格和传统。地域文化既具有漫长的历史积淀的特点，又有一定的空间范围的区域特点，因而地域文化自有其独特的风貌，颍淮文化突出表现了这些特征。

阜阳位于黄淮海平原的西南端、安徽北部的淮北平原，这里土地肥沃、物产丰富，沙颍河从阜阳腹地流过，注入淮河。但是由于独特的地理位置和气候，经常遭受水、旱灾害，经济上贫穷落后。面对艰苦的生活条件和自然环境，阜阳人民没有被困难吓倒，相反，却造就了艰苦奋斗、豪爽慷慨、淳厚笃实、热情奔放、坚韧恒毅、开拓进取的精神和品格。在漫长的历史岁月中，阜阳人民既承袭了华夏儿女优良的传统，也顽强地表现出自己特有的人文内涵，形成了由颍河和淮河哺育的颍淮文化。在历史积淀中形成的颍淮文化具有不可限量的内涵和张力，是中华文化的不可或缺的组成部分，具有重大的影响。

我们伟大祖国地域辽阔，丰富的地理资源和悠久的历史，造就了异彩纷呈、各具魅力的地域文化。颍淮文化的形成和发展，是在中华文化的大背景、大发展、大趋势下进行的。中华文化的优良传统和所特有的中国精神、中国气派，也往往在像颍淮文化这样的地域文化中体现出来，打上深深的烙印。所以在颍淮文化中，顽强地表现出中华民族的精神风貌和中华文化的内在价值。同时颍淮文化又通过自己的特点和不同的表现方式，为中华文化的繁荣和多姿多彩，以及中华文化的不断发展和丰富，发挥了自己独特的作用。

在阜阳这一方沃土上，名人荟萃，大家辈出。殷商之争，传奇人物姜尚，就出生在临泉。春秋时期，辅助齐桓公称霸天下的管仲，是颍上县人氏。宋代的不少文坛巨擘，如晏殊、欧阳修、苏轼、黄庭坚、杨万里、周邦彦等均在阜阳游历或从政，和阜阳结下了不解之缘。他们当时的诗文行踪，都和著名的阜阳名胜——颍州西湖联系在一起。西湖的水，给了他们灵感；他们的诗作，又为西湖平添了文化气息。苏轼的名句“大千起灭一尘里，未觉杭颍谁雌雄”，把颍州西湖和杭州西湖相媲美，更增加了颍州西湖的知名度。

阜阳有旖旎秀美的自然风光，古有颍州西湖，水光山色，令人流连忘返；今有八里河景区，气势恢宏，已成为国家级旅游胜地。阜阳历史悠久，从周代开始即为分封的胡子国，名胜古迹，比比皆是，如资福寺、文峰塔、刘锜祠、奎星楼等，此外，还有颍上的管鲍祠、太和的孔庙。从阜阳的地下发掘出的历史文物，更是灿若繁星，精美绝伦。汝阴侯墓为西汉墓葬，出土的文物包括陶器、铜器、漆器等，其中一批竹简记录了《仓颉篇》《诗经》《刑法》等，具有很高的研究价值。还有一批测天文和占卜的木制的二十八宿圆盘、六壬式盘、太乙九宫占盘等，国内罕见。从阜南出土的商代青铜器龙虎铜尊，造形十分精美，为国内独有，现存中国历史博物馆。其他如战国时代的郢爰金币、汉代的五铢金币，不能一一枚举。

阜阳有不少动人的民间故事和传说，管仲和鲍叔牙的友情，如“管鲍分金”、“管鲍之交”、“鲍叔牙让贤”等，一直为后世称颂。胡子国国君修建女郎台的故事，缠绵哀怨，其悲欢离合，常为历代文人咏怀。少年英雄甘罗临危不惧，巧妙应对，机智过人，为后代的青少年所津津乐道。春秋时善于骑射的楚将养由基，百步穿杨，一箭成名，传为美谈。三国时吴将吕蒙，以奇袭荆州致使一代英豪关羽父子败走麦城，从而名扬四海，他们都是阜阳人中的佼佼者。

列入国家级非物质文化遗产的界首陶瓷、阜阳剪纸、颍上花鼓灯、阜南柳编、临泉肘阁、界首苗湖书会、阜南嗨子戏等项目，更为颍淮文化增添了新的色彩。

界首陶艺继承了唐三彩的遗风，又吸收了剪纸、木版年画的艺术风格。刻画饱满，造形古拙，风格粗犷，尤其是在烧制时透明釉的大胆处理，以在刻画和剔花处不经意的显露出彩陶的红泥本色，完整地保留着远古民间艺术的神韵。在题材上，除以生活中花、鸟、鱼、虫为对象外，还把传统戏曲表演的艺术元素吸收其中，以工艺大师卢山义的“刀马人”最为典型。在他以戏曲武将人物为题材的作品里，笔调简洁生动，细腻流畅，形象生动传神，颇具中国元素和中国风格。

颍上花鼓灯长期流传于淮河两岸，具有浓郁的皖北乡土风味和农村生活气息，舞蹈动作大多从生产劳动和日常生活中演化而来。舞蹈语言中融汇着淮河儿女粗犷乐观、昂扬向上的性格和热爱生活、苦中有乐的审美情趣。舞蹈以男女共舞、独舞群舞相结合的组合形式，动作多彩多姿，热情奔放，风趣幽默。表演时亦歌亦舞，以打击乐器伴奏，热闹欢快。歌唱部分称花鼓灯歌，曲调来自民间小调，轻快优美，抒情性极强。伴舞配乐大多为流传在皖北的地方戏曲的曲牌改制而成，表演时还有岔伞、折扇、方巾等，形成独特的舞蹈类型，深受皖北人民的喜爱。在国内外演出活动中屡获殊荣，被周恩来总理誉为“东方芭蕾”。

阜阳剪纸是在对皖北农村传统剪纸的挖掘、整理的基础上逐步形成的具有阜阳特色的剪纸艺术样式。很久以来，阜阳农村妇女就有剪花样的传统，剪出的花样用以刺绣，主要是服装的花边和花鞋、花帽的图案装饰。妇女们常常在农闲时剪花样，互相交流，手巧的妇女的花样能夹进厚厚的一本书。剪花样成了评价巧媳妇的重要标准，所以女孩子学女红也把剪花样作为重要学习内容。花样的题材大多以十二月花事、十二生肖以及象征吉祥如意的图案为主，而且根据需要加以夸张和抽象，具有很强的艺术价值。经过阜阳美术界热心人士的不断挖掘，并且在题材和技艺上加以提高，吸收了兄弟地区剪纸艺术的长处，逐步形成了自己的特色和风格。和其他地区的剪纸相比较，阜阳剪纸题材广泛，刀法细腻，不但保留了传统剪纸的风味，而且发扬光大，形成了浓郁的地方色彩。

阜南柳编原是当地农民在农闲和发大水的时候，采用淮河大堤上生长的荆条用手工编制的器物。开始是作为一种谋生手段，编出的器物以农具和农村生活用品为主，如柳条筐、笆斗、篮子、簸箕等，后来经过加工和提高，逐步转向以出口为主的工艺品、摆设、家具等，艺术价值和使用价值都有所提高。由于是手工制作，取材天然，具有生态化、个性化的特点，很受北美和欧洲顾客的青睐。目前阜南柳编产品已经大量行销海外，成为阜阳一项大宗出口商品，现在阜南已经形成了几个大型的产业化生产集团。

颍淮文化，多姿多彩，名人辈出，群星荟萃。风物典籍，无不延续着中华文化的文脉，凸显出中华文化的瑰丽。特别是颍淮文化所表现出的那种阜阳人民所独有的高尚的思想境界，更是忠实地守护着华夏文明的精神家园。

无论从物质文化还是从精神文化来看，颍淮文化都具有强烈的中华文化道德、中华文化元素和中华文化符号，是中华传统文化的典型。从哲学上看，这里是老庄思想的发祥地，又处处体现儒家文化的思想精髓，具有中华传统文化的全息性的样式和品格。从历史上看，夏禹把天下分为九州时，这里属豫州。在西周大统一时代，这里隶属中央的两个分封的小属国——胡子国和沈子国。秦统一中国时，这里置汝阴县。西汉时，这里是汝阴侯的封地。从地缘政治上看，这里与中华文化的核心——中原地区距离很近。从语言上看，这里与以北京方言为基础的普通话差别不大。从民风民俗上看，这里顽强保留着所有中华文化诸元素的内容。从文化遗产上看，这里所有具有代表性的项目都和中华民族文化具有清晰可寻的渊源。在地域文化中，颍淮文化是承载中华文化的典型，具有鲜明的传统性。从移民迁徙史的角度看，这里不像其他地区，不存在土著、客籍的差异和磨合。尽管这里也发生过山西人南迁、河南人东迁至此的情况，但由于生活习惯、文化差别甚微，所以他们很快地就融合在一起，承继着中华文化遗风遗俗。

颍淮流域处于黄淮海平原的西南部、淮河流域的北部，属于黄河文化和长江文化的结合部，颍淮文化是多元区域文化碰撞、融合、兼收并蓄和交叉共存的结晶。所以，颍淮文化既具北方文化的粗犷、热烈，色彩鲜明，朴实率直；又具有南方文化的细腻内敛，温文尔雅，浪漫灵秀。据《正德颍州志》记述："民俗性率真直，贱商务农，尚气安愚，不事末作；男勤耕桑，女勤织纴，人备文武全才，风俗清丽；里巷敦扶持之义，男女别饮食之筵。民淳讼简而物产美，土厚水甘而风气和。质而不华，直而不绞。"区域文化在这里的冲突和交汇，形成了颍淮文化自身的地域特色。阜阳剪纸将我国北方剪纸的概括洗练和南方剪纸的细腻娟秀融为一体，从而形成自己的独特风格。界首陶艺则是将历史传统和戏曲人物巧妙结合，自成一派。豫剧流行于河南，又称河南梆子，在与皖西北接壤地区有一种豫东调的唱法，传到阜阳地区后，形成了以颍淮地区口语发音为特色的流派，并且在阜阳地区广为流传，最终化为新的剧种——淮北梆子，拥有广泛观众。

由于颍淮地区水旱成灾，自然条件比较艰苦，群众生活相对贫困。在民风民俗上，形成了与中原文化和长江文化相对不同的一些特点，比如在节庆民俗上就显得比较节俭，和富庶的南方相比，物质上不那么丰富。从民俗地理学的角度看，这里更接近于华北民俗地理区，而不同于属于华中民俗地理区的安徽省其他地区。这里的华夏古文化的传统表现得非常强烈，尤其是崇武之风十分突出。在颍淮流域的农村，百姓素有玩抢弄棍、演练气功拳术和以举重为强身健体项目的习惯，特别到了冬闲时，更是蔚然成风。习武一是可以强健体魄，二是可以防战乱匪患，保家护园。比起沿江江南地区，颍淮百姓身体健壮，性格豪爽，能吃苦耐劳。奥运体操冠军邓琳琳出身阜阳，不是偶然的。由于地理位置更靠北方，冬天气候较为寒冷，为抵御风寒，这里的群众都善饮酒，而且酒量较大，酒文化的表述也更直白。加上盛产酿酒作物，酿酒工艺发达，制酒行业兴旺，百代不衰。

颍淮文化之所以能够在中华文化的格局下以地域文化的形式顽强地存在，就是因为颍淮文化全面继承并弘扬了中华文化的优良传统，把中华传统文化的自强不息、顽强拼搏、不懈追求、厚德载物的精神传承发扬，形成了今天举世闻名的“王家坝精神”。王家坝精神是中华文化精髓的标本和典型，是中华文化在当今时代的新的发展和新的显现。王家坝精神是在颍淮大地上休养生息的阜阳人民对中华传统文化的丰富和贡献。王家坝精神所表现出的“舍小家、为大家的顾全大局精神；不畏艰险、不怕困难的自强不息精神；军民团结、干部同心的同舟共济精神；尊重规律、综合防治的科学治水精神”是中华民族共有的艰苦奋斗、社会担当、创新奉献精神在新时期的继承和发展，是社会主义精神文明的具体体现，也是构建社会主义核心价值体系的具体实践，同时也是建设中华民族共有的精神家园的着力点。社会主义文化建设，就是推动文化发展为了人民、文化发展依靠人民、文化发展成果由人民共享，进而促进人的全面发展，提升全民的素质。这也是今天我们要推动和发展颍淮文化，进而发扬光大中华文化的最终目的。

总之，发掘颍淮文化固有的特质，领略颍淮文化的精髓，以丰富我们的精神文明建设，并且使颍淮文化更具有自己的特色，这需要一代又一代人的不懈追求和努力。颍淮文化的发展，也将为中华文化的复兴和繁荣作出自己独特的贡献，和其他区域文化一起，奏出中华文化洪钟大吕的雄浑乐章。在唱响颍淮文化的大合唱里，这本散文集也在努力发声，期望得到读者的共鸣。

谨此为序。

杨　光

2014 年 4 月于颍州

（摘自《加强对颍淮文化资源的开发和利用》，发表于 2012 年第三期《阜阳职业技术学院学报》）

目　录

上　辑

下　　辑

上　辑

沙颍河，母亲河

俯瞰皖西北大地，沙颍河在广袤的淮北平原上蜿蜒流过，像一条蓝色的彩带，那么飘逸，那么洒脱。她用母亲的乳汁，哺育着两岸的土地。她为大平原带来了秀色和灵气，带来生命的律动，给故乡注入了无限的活力和生命力。沙颍河，母亲河，她流淌着我对儿时生活的美好回忆，流淌着对故土难以割舍的深情。儿时的沙颍河，她的风姿不知有多少次曾经萦回在我的梦乡里……

晨曦，随着雾气的渐渐消散，沙颍河像晨妆后的美人一样除去了面纱，展现出一派生机勃勃的美景。一群早起的野鸭扑打着水面，在河面上留下涟漪。岸边的芦花被朝阳镀上了一道金边，随着微风摇曳着。河水静静地流淌，渔人驾着小船，划开岸边的水草，开始了一天的作业。船上的鱼鹰高兴地叫着，然后扑进水里，不一会，便叼起一条条的鱼儿。儿时的沙颍河，鱼肥，水美。

午后，阳光照耀在水面上，波光粼粼，河面显得十分宽阔。岸边的老柳树虽然几经沧桑，但依然倔强守护在河岸。柳枝犹如姑娘的秀发，垂落在水面上。河上来往的木船，或独行，或连成一排，有的张起风帆，有的在岸上拉起纤绳。纤夫的号子声和船老大的吆喝声交织在一起，飘向远方。处处响起小火轮的马达声，只见它威风凛凛地开过来，行到河湾处还骄傲地拉起了汽笛，引起岸上的孩子们在河堤上跟着小火轮赛跑。儿时的沙颍河，畅通，繁忙。

傍晚，繁星点点，河边农家场院里，老人摇着芭蕉扇，在给孩子们讲关于沙颍河的传说。在老人的絮语中，孩子们在秫秸铺就的矮床上进入梦中。远处传来河水拍打河岸的声音，四周显得那样恬静。小木桌上摆的大粗碗里，斟满了用沙颍河水泡的竹叶茶，清甜甘洌，还带着泥土的芳香。儿时的沙颍河，神奇，令人回味。

春光明媚的沙颍河，渌水荡漾，滋润着沃土。河岸上春草茵茵，草间星星点点，洒落着不知名的小花，白的雪白，蓝的碧透，黄的娇嫩。几个小姑娘提着篮子挖野菜，她们互相嬉笑追逐着，像一群无拘无束的春燕，于是下午家家的饭桌上，就又多了一碗鲜美的炒荠菜。这是母亲河沙颍河给予我们的佳肴。

夏雨过后的沙颍河，河床增大了许多，原来的沙滩都浸没在水中，成了孩子们游泳的好去处。他们放下牛绳、放羊鞭或者是割草的镰刀，扑通一声跳进水中，尽情玩耍，显示自己的水性。有的潜进水中，半天才露出小脑袋；有的仰泳，把小肚皮露在水面上。他们还分成两班，打起了水仗，欢笑声此起彼伏。这是母亲河沙颍河给予我们的欢乐。

秋高气爽的沙颍河，河水清澈，静静流着，传递着秋收的信息，寄托着农家的希望，这是孩子们最为欢乐的季节。他们可以拔一根甜秫秸，放在嘴里细细地嚼着，吸吮甜浆。也可以拾点豆荚，挖一兜红芋，再揽一堆枯枝败叶，放在地炕里烧。不一会，火堆里就发出噼里啪啦的声响，空气里散发出焦黄豆的浓香。黄豆脆，红芋甜，吃在嘴里那才叫美。这是母亲河沙颍河给予我们的美味。

冬雪飘飘的沙颍河，两岸一片银白，河水变成了黑色，河边的渡口十分热闹，老艄公摆渡忙得满脸是汗，把狗皮帽子摔在船头。赶集的人们坐在船上，有的割一刀猪肉，打几块豆腐；有的请来门神，买来墩香，准备过年。男人们把蒸馍花插在帽子上，妇女怀里揣一块花洋布，显得喜气洋洋。人们在哗哗的桨声里，议论着今年的年景。母亲河沙颍河就是这样，陪伴我们祖祖辈辈，度过一年又一年，把岁月留在美好的记忆里，让时光流淌在河水里，把儿时的欢乐编织在梦里。沙颍河，母亲河，你曾经是那样的美，那样令人难以忘怀。

可是，在人们的记忆中，沙颍河遭受到了不应有的损害，过度开发和工业三废的排放，使沙颍河遇到过阻塞，经历过断航，受到过污染。氢化物严重超标，水质变差，浑浊的河面上漂着成堆污浊的泡沫，散发出刺鼻的恶臭。昔日肥美的鱼儿竟无人问津，沙颍河失去了往日的风姿。母亲河在哭泣，急切地等待着河道恢复通畅、水质再现清纯这一天的到来。

如今，新世纪沙颍河的儿女们并没有使母亲河失望，综合治理沙颍河的宏伟蓝图正在实施，治理污染的举措初见成效，新的现代化船闸正在动工修建，沙颍河的枢纽三角洲即将变成一座美丽的公园，成为母亲河上一颗璀璨的明珠。竣工后，阜阳的货轮将通江入海，为我市的经济腾飞快马加鞭，沙颍河上将重现蓝天碧水的美景。沙颍河，母亲河，你将更加可爱，更加靓丽！

发表于2011年6月2日《颍州晚报》

牛车轧过的青石板

走进阜阳城的小巷，追寻旧时的故事；打开时代的画卷，展开尘封的回忆。古城阜阳，沧桑巨变，新旧悬殊，令人几多感慨，几多唏嘘。

新中国成立初期的阜阳城，方圆不过两平方千米，人口仅有两万人。城区以鼓楼为中心，以解放大街为中轴，大致包容在城墙的范围之内。出了东西南北四关，就是农村了。那时阜阳城虽然号称“淮北重镇”，但由于民国以后，匪患不断；抗战时期，又担心日本鬼子的轰炸，拆掉了城墙上的城楼和城内所有的两层楼，再加上战事频繁，到了解放时，阜阳城已经是满目疮痍，凋零破败，不像一个城市的样子了。

人民政权的建立，为阜阳城带来了生机。新中国成立后的阜阳城，百废待兴。虽然位于市中心的鼓楼上苔痕依旧，杂树丛生，但在城门口的上方，赫然悬挂起了一幅巨大的毛主席画像。画像上的毛主席头戴八角帽，神采奕奕，面带微笑，注视着熙熙攘攘穿行在城门内外的老百姓，标志着一个新时代的开始。

商店恢复了营业，街市开始兴旺起来，阜阳城焕发了青春，重新发挥了商埠的作用，从上海、蚌埠、芜湖运来的日用百货和西药；从大别山区运来的竹木山货，都由这里批发到皖北、豫东各地。而阜阳盛产的农产品、皮张、猪鬃、禽蛋等，又都从这里外运。那时通向外地的主要通道就是沙颍河，主要的交通工具则是木船。还有可以载客的小火轮，乘客可以从三里湾坐船，沿河而下，取道正阳关入淮河，再到蚌埠，来往一趟大概需要一个星期。陆路客运只有一部万国客车，货运是四辆美国道奇卡车，每次跑到蚌埠需要一天的时间，汽车站设在小隅首。

解放大街是全城最大的一条街，用青石板铺成。每天一大早，进城卖菜的农民或挑着担，或推着独轮车，走在大街上。车轮发出吱吱扭扭的响声，像在吟唱。也有赶着牛车进城的，牛车装着四个安有铁箍的木轮，轧在石板上发出隆隆的轰响，像是雷鸣。解放北大街是全市的经济中心，以福音堂为中心的解放大街两翼，北至北关，南至鼓楼，是最为繁华的商业街区。说是繁华，就是店铺比较集中而已，和今天我们说的繁华实在不能相提并论。人们的购买力很低，百货店里畅销的日用品不过是些火柴、煤油、肥皂、毛巾、搪瓷杯盘、竹壳热水瓶等。市民大部分穿的是家纺的粗布，洋布算是奢侈品了。很少有人穿皮鞋，大部分人穿着自家缝制的布鞋。胶靴更为稀罕，冬天雨雪时，人们穿的是用桐油油过的棉鞋，叫“油鞋”，底上还钉着铁钉以防滑，十分笨重。女学生穿的白长袜都是自己用棉线织就的。晚上点的是油灯，条件好的点煤油灯，灯上有个玻璃罩，一晚上点下来罩上熏的都是黑烟。所以一到傍晚，擦拭灯罩就成了各家每天的必修课。大约在 1950 年，军分区所属的淮上油厂开始用小发电机发电，可以供应周围 800 个 25 瓦的灯泡使用，阜阳城这才算是进入了电灯时代。

世道太平了，来往的客商多了起来，阜阳城的餐饮服务业重新兴旺起来，餐馆、浴池、茶楼一家挨着一家。到了晚上，虽然店铺门口悬挂的灯笼里面靠油灯照明，但依然能渲染出一派繁华景象。大的酒店点的是汽灯，照明度较高，所以也能给人们华灯初上的感觉。比较有名气的酒店当数“小有天”、“洞天春”等几家，生意十分红火。鼓楼下的“温记面条铺”由于地理位置好，主打鸡汤面条，经营有特色，更是人来客往。大隅首的清真饭店，牛肉汤用大锅熬就，香气四溢，十分诱人。一些传统小吃也重新开张，比如现今曼哈顿歌舞厅东面小巷内，有一家油酥烧饼店，值得一提，可惜已经失传了。不过那时市民的生活仍然很艰苦，主食是杂面馍，一天能吃顿白面条就不错了。抓两把大米放在锅里熬出的米汤叫“米茶”，能喝到“米茶”的人家算是富足殷实的了。

20世纪50年代初期，随着国民经济的恢复，阜阳城开始有了新的发展。那时，阜阳城的政治中心在北关的黑龙潭到玉石街一带，政府的主要机关都设在这里。县政府、法院在郭家胡同，公安局在玉石街，医院、卫生局、防疫站在吴家花园，建设街也有部分政府机构。现在这些地方可以说是阜阳市最为落后、市政最差的地区。这些今天看起来很不起眼的寻常巷陌，当时却是阜阳首脑机关所在地。眼下老城改造，这里成了待开发的最后的一个角落，将面临拆迁的命运。昔日的光荣，只能留在人们的记忆当中了。区区不过六十年，阜阳市却有如此巨变，实在令人感叹。

市民的文化休闲中心在老城隍庙，那时的城隍庙基本保留着原来的风貌，规模很大，据说是安徽最大的一处，能与之相比的只有合肥城隍庙。城隍庙改成了文化馆，经常举办配合政治运动的展览和演出，前来观看的人很多。院外是一座花园，古木参天，绿荫蔽地，还植有不少花木，春来之时，也是一派桃红柳绿的景象。庙前有两座小亭，可供游人小憩。一座民国时期兴建的锥式的“中山纪念塔”，像一支铅笔矗立着，直插蓝天。每逢节假日，游人络绎不绝。庙前有条炮铺街，全部是制作销售鞭炮的店铺，这可能是为了人们进庙上香的方便。每年的庙会是这里最为热闹的时候，在逢会的日子里，四里八乡的乡亲纷纷赶到这里。当然也少不了各种营生的小贩和卖艺的，三教九流，无所不包。有拉洋片的、变戏法的、吹糖人的、耍猴的、说大鼓书的，算命打卦的、叫卖梨膏糖的、兜售狗皮膏药大力丸的，应有尽有，不一而足。人们扶老携幼，摩肩接踵，为的是看难得一见的马戏表演。只见广场中央早已用绳网围起了一个大圈，里面是布幔遮挡，更增加了几分神秘感。场地中央高高竖起了一座用桅杆捆扎的“刀山”，彩旗飘扬。“骑马上刀山”是最为精彩的压轴节目，有美少女骑马，十分吸引人的眼球；帅哥赤着脚上“刀山”，刀锋向上，非常惊险。每有优美动作，顿时锣鼓喧天，人们齐声喝彩。这标志着老百姓开始享受着新社会带来的欢乐。

和城隍庙南北相对的是人民剧场，现在改为曼哈顿歌舞厅了。这是当时人民政府为丰富市民文化生活重新兴建的，这里是全城最大的一座剧院。那时没有电视，人们休闲娱乐只有这一个去处。剧场上演的是淮北最流行的梆子戏，为配合抗美援朝，演出剧目最多的是以保家卫国为主题的《花木兰》《百岁挂帅》等。后来在东城小学的东面，又建了一座群众剧场，使人们晚上多了一个去处。为学习苏联，政府机关和文化团体开始流行跳“交谊舞”，对这种男女搭肩搂背的舞蹈，人们还不太习惯。但是很快就不一样了：开始是在旁边站着看，后来是抱着椅子练，最后是每场团团转，形成了一种新的社会风气。1951 年，阜阳才有了第一个放映 35 毫米胶片的电影院，规模不大，但影响不小。电影给人们打开了一扇窗，尤其是每场开映前放的新闻纪录片，更使人们开了眼界，长了见识，了解到了外面的世界原来是那么的精彩。

奎星楼到文峰塔一带比较荒凉，南城河从奎星楼向文峰塔流去，河边长满了芦苇，奎星楼下的南城河岸是一座刑场。土改、镇反运动中，每当枪毙土豪劣绅、反革命分子的时候，人们参加了公判大会以后，万人空巷，蜂拥而至，都挤到这里观看行刑。只见万头攒动，人山人海。一声枪响，犯人应声倒地，万民欢声雷动。大涨了人民的志气，起到了震慑敌人、稳定政权的作用。

刘公祠一带的西城墙，杂树林立，枝叶繁茂；各种鸟叫，不绝于耳，是一个游玩的好去处。每当夕阳西下的时候，这里的景色特别美。那时的城墙还比较高，你如果站在城墙上向东望去，就能看到脚下的大半个阜阳城的街巷，鳞次栉比。只见家家屋顶上炊烟袅袅，一片生机。人民总算过上了太平日子，不会再为战乱、匪患、逃荒而揪心了。从刘公祠下来走向城内，依稀可以听见加拿大传教士兴建的福音堂钟楼上传来的钟声。你还可能会迎见一群刚从北城小学放学归来的孩子们，他们像小鸟一样，一边欢乐地追逐着，一边唱着时下最流行的歌："嗨啦啦啦，嗨啦啦啦。天空出彩霞呀，地上开红花呀。中朝人民力量大，打垮了美国兵呀。全世界人民拍手笑，帝国主义害了怕……"

回忆这一个个渐远逝去的画面，抚今追昔，你会得出这样的结论：今天的阜阳城真的很美，人们真的很幸福。

发表于2010年11月12日《阜阳日报》

平原秋色

阵阵秋风从古老的淮北大平原上掠过，吹得高大的白杨树枝哗哗作响，金黄的叶片像蝴蝶一样在空中飞舞，有的还打着旋，最后静静地飘落在草地上、池塘里。秋风一次次地从北方吹来，把平原染成了一块没有边际的金色地毯。秋景如画，勾起我对儿时农家秋忙的回忆。

秋天的农事繁忙，农民一天忙到晚，地里的活儿总也做不完。割豆子、砍秫秫、掰玉米、出红芋，一茬接着一茬。庄稼收齐了，还得把地犁一遍，准备种麦。

地里的活忙完了，还有家里的活。红芋窖得挖，猪圈得清。还得把红芋切成片，撒在场里晒成红芋干，便于保存。家里红芋收得多的，还要把红芋磨成粉，下粉丝。这粉丝一般都舍不得吃，留着过年时拉到集上卖，换点油盐钱。

秋风渐渐地凉了，树上的叶子也快落光了。只见大雁一排一排地朝南飞去，它们一会儿排成“一”字形，一会儿排成“人”字形。在秋高气爽的蓝天里，使劲扇动翅膀，直到消失在天边。这时农民们就得抓住晴好天气，修缮房屋，免得冬天挨淋受冻。

修房子在农村是件大事，往往要请来亲朋好友帮忙。先把成捆的麦秸用铡刀铡齐备用，再和泥，泥里拌上麦糠，以加强黏合性。没有梯子就把耙竖起来靠到墙上，人上到房顶先把烂草揭掉，再把稀泥抹在秫秸箔子上，缮上新麦秸，最后拍实，草屋顶就算修好了。

修房子的活干完了，要留人家吃饭。菜肴说不上丰盛，都是家常菜。一般能有粉丝小鸡、萝卜烧肉、豆芽豆腐、白菜豆饼这几样，那就算高档次的了。酒是用自家的秫秫跟走村串乡的酒贩子换的，装在小口的黑陶罐里，挂在墙上，谁喝谁倒。粗碗烧酒，一醉方休。

孩子们也没闲着。女孩子挎着篮子割草喂羊，男孩子背着粪筐拾粪，拾满了一筐就倒在自家的粪堆上。农村的粪堆是和猪圈、厕所连在一起的，为的是方便积肥。种小麦的时候，把肥料洒在地里作基肥来年才能有好收成。

种麦是秋季最重要的农事，先得把地犁上一遍，有牛的人家赶着牛，地犁得又快又深，黝黑的土地在雪亮的犁铧切割下，变成了泥土的浪花。孩子们背着小筐跟在后面，捡拾出红芋时漏在地里的小红芋。没有牛的人家只有自己拉犁了。老头在后面扶犁，半拉橛子和妮子在前面拉。拉犁可不是好活，累人得狠！所以连刚过门的小媳妇也得参加拉犁子，为的是助把力。地犁好了，种麦也就容易了。

几个小伙伴在一起拾粪，有人就出主意去掏老鸹窝。大家来到庄头的老榆树下，老榆树历经沧桑，老树干斑驳陆离，树皮上长满了青苔。大孩子在下面指挥，小孩子甩掉鞋往上爬，一直爬到树梢。几只老鸹无奈地在树四周盘旋，呱呱地叫着，眼睁睁地看着孩子们把窝里的蛋装进口袋里，这战利品当然是每人一个。

老鸹窝不多，可是农家的孩子点子多，这回他们又去掏老鼠洞。别小看这老鼠洞，一个洞就像一个地下仓库。顺着洞往里掏，老鼠早已闻风而逃，留下的都是粮食，有时能掏几捧花生、一堆黄豆。拿回家淘一淘，照样能吃。

秋风越来越凉，已经是晚秋了。女人们把芦席铺在当院里，套被子，做棉衣，准备过冬。棉花是自家地里种的，把摘好的棉花去掉棉籽，积多了就请弹棉花的弹成棉絮。棉布是用棉花到集上换的，给孩子们缝的棉衣做好了，孩子闹着要缝时尚的化学扣。其实母亲早就准备好了，是用鸡毛鸡肫皮跟挑货郎担的货郎换的。

傍晚，西边天际的晚霞烧红了半个天，村庄笼罩在一片金色的夕阳里。村头的大树上传来归鸟的呱噪声，家家烟囱里升起了袅袅炊烟。庄户人家每天只吃两顿饭，晚饭吃得很晚，一般要在干完农活之后。晚饭大都吃的是杂面锅巴、蚕豆酱，就蒜瓣，外加红芋轱辘稀饭。庄户人家吃饭有个习惯，大家不约而同地端个大粗碗，蹲在村头老榆树下，边呼噜稀饭，边交谈见闻，你一言，我一语，十分热闹。

秋天的晚上，露水很凉。壮劳力坐在大门口，用从坝埂上割下来的荆条编筐打篓。老奶奶在屋檐下，用纺锤织麻线。老爷爷在小院子里为孙子编苇窝子，苇窝子是用细麻绳和芦苇花编成的，穿上厚布袜子也算暖和。有的下面还钉着木屐，这样冬天下雪就不怕泥泞路滑了。农村人节省，晚上一般不点灯，所以孩子们早早就入睡了。村子里十分安静，偶尔听见谁家的母亲唱着一支不知传了多少代的儿歌哄孩子入睡："小老鼠，上灯台。偷油喝，下不来。叫妮子，抱猫来。吱——扭，下来啦……"随着渐弱的歌声，村庄显得格外安静。偶尔传来几声清冷的狗叫声，使沉睡的平原更显得空旷和静谧。明天，农民们还要继续劳作呢。

发表于2012年10月17日《颍州晚报》

看 瓜 园

小时候，每逢西瓜成熟的季节，到乡下帮舅舅看瓜园，是我最感到高兴的事。舅舅是一个十里八乡远近闻名的瓜师，除了帮别人料理西瓜外，自己还有几分地的瓜园。舅舅常说："种瓜是件细活。"因为他的技术好，加上用心管理，所以他种的西瓜味甜个大，在家乡小有名气，拉到城里的瓜摊上，都能卖上好价钱。

到了西瓜成熟的时候，舅舅的瓜园也就成了四邻关注的目标。好占小便宜的就趁舅舅不注意的时候，顺手牵羊的摘走一两个。一般小孩子偷瓜大半是因为嘴馋，再加上恶作剧。过路的偷瓜是为了充饥解渴，这些还都能原谅。可气的还有专门偷瓜卖钱的，干着不劳而获的勾当，那就得提防了。每次遇到瓜被偷，舅舅总是气得坐在瓜地里发呆，因为偷瓜的专捡大个的偷，偷的时候把瓜秧扯得乱七八糟，使那些半生不熟的瓜也遭了殃。舅舅怎能不难过呢？因为每个西瓜都倾注了他的心血和汗水。

为了保护瓜园，舅舅就在瓜园里搭起了一个瓜棚。平时大人农活忙，看瓜的任务就落在孩子们的身上，而瓜棚也正好是孩子们最喜欢去的地方，和小表弟们一起看瓜，成了我最大的期盼。趁着学校放农忙假，我急匆匆地从城里来到乡下，如愿以偿地进了瓜棚。

瓜棚搭在瓜园的中央，坐在上面可以环顾四周，便于瞭望。舅舅抬来一张破旧的大木床，用四根树棍把床腿固定住，再在上面搭上草棚，一个简易的瓜棚就算完工了。瓜棚虽然简陋，但也能遮风避雨，挡住日晒夜露，它成了我们这群孩子的乐园。

舅舅的瓜园背靠坝埂，面向一个小池塘。坝埂上是一片高大的白杨树林，风吹过后，树叶会发出沙沙的声响。坝埂上还有一条小路，一头连着瓜园，一头通向舅舅家的村庄。瓜园前面的池塘边长着密密的芦苇，芦苇上开的白花在风中摇曳。池塘里有野生的莲藕和菱角，荷叶连成一片，几株白色的荷花参差其中。野菱角的藤蔓在水中上下浮动，上面开着黄色的小花，星星点点地洒在池塘上。一群小鱼穿行在野菱角的梗叶间，显得悠然自得。

白天，没有人敢明目张胆地偷瓜，只要有人在，偷瓜的就不敢下手，加上我们还有一条大黑狗，就足以对偷瓜贼起到震慑作用。所以在白天，我们可以在瓜园里由着性子拼命地玩，表弟们可以不用帮大人干活，我可以不去写作业，这也是我们都愿意看瓜的原因。

我们翻开瓜蔓捉蟋蟀，看谁捉的个头大、牙齿锋利，然后放在小罐里，用草茎撩拨它们斗架，看谁能打败谁。或者在草丛里抓蝈蝈，放进麦秸编的小笼子里，听它们的鸣叫，比谁叫的声音最响。我们还逮蚂蚱，装进竹筒里，带回去喂鸡。印象最深的是摘马勃，马勃就像一个微型的西瓜，散发着一股淡淡的清香，惹得人想咬它一口。但是马勃不能吃，我曾经偷偷地尝过一个，又涩又苦。我们把它们搜集起来，做卖西瓜的游戏，学着舅舅卖西瓜的样子叫卖。刮大风的时候，我们就到坝埂上放风筝，我们的风筝是一只破旧的秫秸秆锅盖，俗称“锅拍子”，风筝线是从姥姥那里讨来的纳鞋底的麻线。因为风大，我们的锅盖风筝照样可以升空，并且不停地在空中打转。我拉着长长的风筝线，在坝埂上的小路上拼命往前跑，大黑狗紧紧跟着我，小表弟们在后面追。大家吵着、笑着，乐不可支，为自己的杰作喝彩，这是我们最愉快的时候。可惜好景不长，风一停，风筝就一头栽了下来，挂在高高的白杨树梢上，我们只好望洋兴叹，自认倒霉。

瓜园没有好玩的了，我们就脱掉背心和小裤衩，光着屁股跳进池塘里戏水，大黑狗也跟着我们跳进去，高兴得撒欢。虽然初夏的池水还有些凉，但我们毫不在意，我们在水里乱扑腾，互相泼水，打水仗，溅起的水花把池塘里的小鱼惊得四处乱跳。我们又钻进水里采菱角，从水中扯起一大串野菱角的藤蔓，可惜野菱角个头都很小，我们把长着刺的外壳咬开，里面并没有多少可吃的，但是有一股清甜的味道，大家也就很满足了。我们还用脚在塘底淤泥里踩藕，因为还不是季节，只能踩到几茎藕芽，我们也不怕涩，三下五除二，就把它吃掉了。还有人摘来荷叶当阳伞，或者顶在头上作斗笠。在水里玩累了，感到冷了，我们就踮着脚跳上岸，躺在草地上光着身子晒太阳，等到身上的水晒干，再穿上衣服。最后，我们想方设法抓住了几条小鱼和泥鳅，用柳条穿起来，让妗子炖一碗鲜美的鱼汤。

夜里是看瓜的重点时段，一到晚上，我们就提高了警惕。夜幕升起的时候，我们围坐在瓜棚里，注意观察周围的动静，每有风吹草动，我们就赶忙察看。大黑狗把头贴在地上，认真地谛听着，只要有异常，便要叫上一阵子，既是提醒我们注意，也能起到威慑的作用，不过大半都是平安无事。在床上坐急了，我们就起来捉萤火虫。萤火虫像提着灯笼的小天使，飞来飞去，特别是在瓜园旁边的老坟地里，萤火虫特别多。可是大家都怕鬼，想去又不敢去，最后决定带着大黑狗去，给自己壮胆。我们捉了很多，都集中在小玻璃瓶里，拿在手里像一只小灯笼，发出蓝色的荧光。正当大家心神不定，忐忑不安的捉虫的时候，不知哪个胆小的喊了一声："有鬼！"于是大家都没命地往回跑，其中一个最小的表弟还摔了一跤，痛得哇哇大哭。为了哄好他，我们只好把装着萤火虫的小瓶子让他拿着，他才破涕为笑。

白天玩了一天，大家都累了，在瓜棚里坐着，于是就想睡，上、下眼皮光想黏在一起，睁也睁不开，但是又不敢睡，怕误了看瓜。看着满天的星斗，我提议给大家讲故事，一听到讲故事，小表弟立即睡意全消。我指着天上的星星，给他们讲牛郎织女的故事，告诉他们挑着两个孩子的牛郎星，在梭子星星边的织女星。可是他们都说早就听姥姥讲过了，我就把平时从小人书上看来的故事都搜肠刮肚的一一抖搂出来，讲给他们听。讲着讲着，我发现没反应了，原来他们把我的故事当成了催眠曲，早已进入梦乡，气得我一个个把他们蹬醒。我只好想了一个轮换休息的办法，两人一班，实行轮岗制。轮到我值班的时候，觉得田野里一片寂静，只能听到风吹树叶和芦苇的声响，还有此起彼伏，一声高过一声的蛙鸣和蟋蟀的叫声。远处传来几声犬吠，显得更加空旷和静谧。

上半夜还好，晚风吹拂着，给人带来丝丝凉意，可是到了下半夜就不行了，夜里露水很重，打在身上，清冷清冷的。晚风吹过，不禁使人打了个寒战，被子上也是湿漉漉的，只好把破棉袄顶在头上，努力瞪大了眼睛，向四处瞭望。这时候才真的知道熬夜的滋味不好受，想睡又不敢睡，心里像油煎火燎一样。偶尔有黄鼠狼从瓜园里穿过，惹得大黑狗愤怒地大叫一阵，我们的睡意才顿时消去，但是过了一会儿，瞌睡虫又来了。这时候我才意识到：种瓜真难，种瓜人真的很辛苦。在这里，我不仅感受到农家田园生活的乐趣，也体验到了农民的辛劳。挨到月亮歪到西天边的时候，早起的鸟儿开始鸣唱了，有一种俗名叫“乍不楞子”的鸟起得最早，叫的声音也最响。它的叫声还有特别之处，就是拉长了腔调，很像人在讲话：“大哥大嫂起——，家后一个偷瓜的——”听到这种鸟叫，我们就知道天快亮了。等到日出东方的时候，我们就呼呼大睡，把看瓜的任务交给了大黑狗。一直到妗子送饭喊我们吃饭，我们才揉揉眼睛从床上爬起来。

舅舅只要忙完了人家的活，每隔两三天就要到瓜园里巡视一番。每次来了都是闲不住，不是给西瓜打叉、施肥、除虫，就是浇水或者排渍。舅舅头上顶着破草帽，打着补丁的土布上衣搭在肩膀上，脊梁已经被太阳晒成了古铜色。舅舅劳作的时候，我们就跟在后面搭下手，除草、捉虫是我们的拿手活，特别是抓蝼蛄，见一个弄死一个。这种虫最可恶，不但能咬断瓜秧，还把瓜皮啃得都是虫眼，所以我们最恨它。

第一批西瓜成熟了，可以上市卖了。舅舅挑了一个个头最大的，用手弹了弹，点点头，说：“就摘这个!”我们七手八脚把瓜抬到瓜棚里，舅舅把瓜切开分给我们，说：“这就算对你们看瓜的慰劳吧!”于是大家一哄而上，争着拿起一块，大口大口地啃了起来。舅舅又说了吃瓜的规矩：首先瓜子不能丢，收集起来掏净晾干，作为明年种瓜的种子；然后瓜皮不能丢，把瓜皮上的肉切下来，可以炒菜，或者凉拌吃；最后是切下来的青皮也不能丢，集中放进粪池里，可以沤作肥料。我们都一一照办了，个个吃到肚子发胀为止。

吃完了瓜，我们帮舅舅把熟透的瓜一个一个小心地搬到架子车上，很快就装满了一车。舅舅让我背起书包，跟他一块进城，一是卖瓜，二是送我回家。我只好跟在车子后面，提着小表弟们送给我的装着蟋蟀的小罐和蝈蝈笼，依依不舍地和他们告别。车子上了坝埂，我看见小表弟们还站在瓜棚边向我招手，我的眼角湿润了。车子转过树林，下了坝埂，上了大路，我回头再望，瓜园已经看不见了，这时我才觉得，泪水已经夺眶而出，迷住了我的双眼。

发表于 2013 年 5 月 31 日《皖西日报》

阜阳的老戏院

作为皖西北的重镇，旧时的阜阳，也曾经是一个商贾云集、市井繁华的小城。阜阳对豫皖交界地区的商贸物流和集散，发挥过重要作用。只要没有战乱和匪患，阜阳也算得上适合人居的城市。市民除了消费，还有文化和娱乐的需要，而看戏和唱戏便成了当时满足这种需要的最好的方式，于是就有了戏园。

阜阳最早的戏园是露天的，城隍庙就有一座戏楼。因为舞台就建在庙门的二楼上，所以称为戏楼。戏楼建在高处，是为了使更多的观众都能看到演出。据记载，戏楼建造相当华美，其制式和亳州花戏楼相仿。每逢庙会，看戏人头攒动，人山人海，十分热闹。很多人来赶庙会，为的就是有机会能看到难得一见的戏剧。这座值得称道的戏楼，可惜后来焚于匪患。

最早的室内戏园当数始建于清康熙年间的岳阳楼，这是由一位富商出资兴建的。岳阳楼是一座酒楼，兼作戏园。舞台面对天井，天井周围是两层楼。楼上楼下摆放着八仙桌，食客可以边饮酒作乐，边欣赏演出。戏园开张后远近闻名，一时成了当时消费的一种时尚。由于需求不断扩大，茶楼酒肆内兼营戏园的越来越多，知名的如得月楼、会芳茶楼、德盛茶园等。因为是兼营性质，这些戏园的舞台都不大，格局也大致相似。一般舞台左右各有上场、下场两个门，分别上书“出将”、“入相”。演员登场时有专人挑起门帘，台前没有幕布。台上演员在表演，台下观众边吃边看，跑堂传菜的穿梭其中，热闹程度可想而知。舞台一角还有茶坊，专门为客人沏茶续水。茶坊还供应热毛巾，供客人楷面，这是当时戏园的一大特色。把毛巾在热水里烫一烫，拧干后洒点花露水，然后把毛巾把子从人们的头上准确地甩给跑堂的，跑堂的接得很准，再递给需要的客人。毛巾不但甩得准，还能甩出花样，正面甩叫童子拜观音，侧面甩叫白鹤亮翅，背面甩叫秦琼背锏……一出戏在演出过程中，毛巾在台下甩来甩去。演员对此也习惯了，照样唱做念打，各行其是。

还有更小的戏园设在浴池里。阜阳有一家叫汇龙池塘的浴池，为了度过夏季浴池生意清淡、难以维持的难关，在大堂里建起了一座小型的戏台，浴客可以免费看戏。台下有雅座，摆着座榻，榻上有小桌，普通座是大炕。浴客洗完澡可以半躺着看戏，这比在茶楼看戏舒服多了。台下还有很多提篮小卖的小贩你来我往，为浴客提供方便。有卖香烟洋火的、瓜子花生恋丝萝卜的、花生米莲花豆的、烤白薯的、卖面藕的……浴客从浴池里上来，砌上一壶好茶，佐以几样茶点，边饮茶，边看戏，也很惬意。为了给浴客解热祛暑，大堂上方还悬挂了几块带滑轮的大型布幔，由专人上下拉动，布幔就会左右扇动。这作为一种土风扇，虽然风力不是很大，倒也能给人一些凉意。戏园开张后，确实为浴池招徕了不少浴客。有的戏迷甚至一整天都泡在澡堂里，为的是既能听到戏，又能得到享受。

民国以后，由于京剧日渐繁荣和普及，爱好看戏的人越来越多，加上诸如“四大名旦”的名角和不同流派的不断推出，很多剧目的剧情人们都耳熟能详，脍炙人口的唱段也广泛流传。不少人平时在嘴边自然的就能哼上几句京剧，诸如青衣的“苏三离了洪洞县……”，老生的“我正在城楼观山景……”等等。风行一时的留声机和胶木唱片成了人们学唱京剧的途径，还有很多爱好者茶余饭后常常聚在一起自拉自唱，互相切磋。有的热心发烧友为了提高技艺，还专门拜师学艺。自信心强的票友纷纷扮装登台，行内人叫“打炮”，不化妆的叫“清唱”，化妆穿戏服的叫“彩唱”。一些业余爱好者还自发组织了大大小小的剧社，轮番表演，互相切磋技艺。影响比较大的有民国初年的“良友京剧社”、20年代的“平剧研究社”和30年代的“国剧研究社”等。京剧的热络刺激了戏园的兴盛，据不完全统计，到解放时，阜阳城内前后兴建过大大小小近十个戏园。

在这些戏园中，规模最大，专供演出的戏园是20世纪40年代建于鼓楼西南的民众会场。这是由商界集资兴建的，最多可以容纳千人，在当时算是很大的了。环绕舞台三面设有楼座，楼上楼下的座位是用木板钉成的，靠背上还有一条木板，可以摆放茶点。会场建成后，包括像豫剧名家马金凤在内的很多名演员，都曾在这里演出过。每有新人来会场演出，会场就在大街小巷四处张贴海报，并雇有洋鼓队、马队上街宣传造势。开演时会场门口还放置水牌，写着演员的名号及演出内容。观众持票进场时，有人专门负责为观众对票，把观众送到座位上。演出时一般先演一场折子戏，叫“垫戏”，“垫戏”由后辈、徒弟或“打炮”的票友上演，一是为他们提供一个演练的平台，也为不能及时赶到场看正戏的观众留出点时间。新中国成立后，民众会场几经更名，最终经翻修改建为人民剧场，也就是现在的曼哈顿歌舞厅。

发表于2013年4月4日《颍州晚报》

阜阳书店业寻踪

书店是以传播知识和文化为己任的，所以，书店业的发展总是和教育事业联系在一起的。上世纪初，中国废止了科举制，在官办黉学和私办书院的基础上兴办各级学堂。阜阳也不例外，出现了小学堂和中学堂，使受教育者向民间普及，教育日趋平民化。但那时候还没有书店，书籍的流通只是靠一些肩背褡裢的小商贩游走于各学校之间，在向师生兜售文具、薄本的同时，也经销一些木刻或石印的书籍。除了《国语》《国文》等教材外，还有《百家姓》《千家诗》《千字文》《增广贤文》《幼学琼林》一类传统的普及教育的书籍，当然也有一些应考必读的时文之类。文艺作品大多为剑侠小说，如《施公案》《三侠五义》等。后来也销售刚刚出现的白话小说，以及《小说月报》一类的杂志。那时阜阳城的几所学校门前，经常可以看到这些小商贩蹲在路边，摆出个地摊，销售书籍。这可能是阜阳的现代史上最早出现的一批经营书籍的微型流动书店。

光绪三十二年（1906 年），在日本留学的阜阳籍留学生、同盟会员程思普与张汇韬自日本东京回到阜阳，在阜阳成立了同盟会的分支——安仁会，把旧民主主义的火炬传到了阜阳。为掩护革命活动，开办了益智书局，对外经营图书报章杂志，在书局内设立安仁会领导机构，以发展革命事业。益智书店可以说是阜阳有史以来出现的第一个现代意义上的书店，新的革命思潮推动了阜阳书店业的勃兴，阜阳书店业的萌芽在起步阶段就和推动历史前进的革命事业紧密相连，这是很有意义的。

教育的平民化使书籍的读者群数量大大增加，一些接受新事物较快的商人发现经营书籍有利可图，也开始在阜阳经销图书。20 世纪二三十年代，鼓楼南大街有家王荣昌文具店，是当时阜阳规模较大的文具店之一。除经营传统商品文房四宝以外，也开始经营从上海批发来的最为时髦和抢手的自来水笔和墨水，同时，兼营当时深受学生、公教人员和小资喜爱的上海广益书店和亚东书店等出版社出版的旧体章回小说，不外乎风花雪月、才子佳人一类的内容。也许是老板思想开放程度有限，当时已经占文艺界主流的新文化运动的理论著作和文艺作品在店内却难得一见。这家文具店为了吸引读者，还在店门上挂了一块上海《申报》和《新闻报》报社的牌子，并受理两报在阜阳地区的发行，这可能是阜阳城最早的一家兼营性质的书店了。尽管书店出售的书籍种类有限，但仍然吸引不少求知欲旺盛，希望了解外面世界的青年学生前来挑选。这家书店还有一个好处就是提供各出版社最新的图书目录，并且可以为读者提供代购书籍、代订报章的服务，这无形中又为渴求知识和信息的读者打开了一扇窗。

书店还是传播革命思想的最好场所，特别是在信息传播手段落后单一的旧中国。所以，书店也总是和革命事业联系在一起。在大革命时期的1925 年，共产党员张蕴华奉命回阜阳，与乔锦卿等人建立了中共阜阳县党小组，开始在阜阳开展革命工作。在党小组的领导下，共产党员张子珍、周传鼎等人创办了淮颍书局，并组织读书会，以书局为掩护，宣传马列主义，筹划武装暴动。书店的位置在大隅首北的南大街路东，为应对白色恐怖，还在书店的后墙开挖了一个备用暗门，以应撤退时的急需。20世纪80年代开发古商城，书店遗址荡然无存，从此这座革命遗址便不复存在，这是很可惜的一件事。

淮颍书局的用房是张子珍说服其父，把自家原用于经商的三间门面房腾出来使用的，上面还有一层木楼，书店的规模在当时算是比较大的。由于地处闹市，在当时具有很大的影响。周传鼎在上海采购书籍，张子珍在阜阳经营书店，自任经理。书店表面上经销小说、古旧书、时文、工具书等市面上通行的书籍，同时也销售由周传鼎主编的宣传进步思想的革命刊物《阜阳青年》半月刊。由于刊物是在上海印制的，所以纸张、印刷技术都相当好，很受进步青年欢迎。书店为扩大影响，在内部藏有《共产党宣言》《国家与革命》等马列文献和《响导》《创造》等党的理论刊物，供党组织内部学习和党外积极分子阅读。不少青年怀抱革命理想，在这里如饥似渴地学习马列主义和革命理论，受到教育和熏陶，最终走上革命道路。依靠这个书店，阜阳党的组织先后发展了十几人入党，壮大了革命力量，很多党员积极投入到大革命运动中，成为后来著名的阜阳“四九”暴动的中坚力量。淮颍书店充分发挥了党的宣传、教育、培养基地的作用，在阜阳书店业发展史上留下了光辉的一页。

阜阳的人民政权是在新中国成立之前建立的，1948年8月阜阳第三次解放后，不到半年的时间，即在1949年1月开办了新华书店阜阳中心店。为宣传党的方针政策，书店成立伊始，就以最快的速度从东北老解放区调来当时急缺的革命理论书籍如《新民主义论》《中国革命与中国共产党》

《社会发展史》《唯物辩证法》等，还有大军入城后开展城市工作急需的政策指导用书，如《党的城市政策与工商业政策》等。后来，又陆续推出了延安文艺座谈会后解放区创作的一大批工农兵文艺作品，如《李有才板话》《小二黑结婚》等。新中国成立以后，又增加了以苏联作家为主的翻译小说。当时来书店最多的是青年学生，还有一些我党为培养革命青年而开办的"干训班"、"青训班"的学员，书店及时为他们提供了革命营养。

新华书店具有光荣的革命传统，抗日战争时期我党为教育军民在陕甘宁区创办了新华书店，并由毛主席亲笔题写店名。解放战争开始后，从东北解放区开始，每解放一座城市，伴随着人民政权的建立，随即设立新华书店分店，以占领舆论和宣传阵地。随着全国解放，新华书店已遍及全国各地，和设在北京的总店在一起，形成了一个独特的专营销售网络，为我国的出版发行事业作出了巨大贡献。阜阳新华书店由于处于皖西北重镇的地理位置，也随着社会经济和文化教育事业的发展，规模不断增大，销售额逐年提升。

50年代，阜阳的新华书店设在解放北大街的中段，这里是当时阜阳最为繁华的闹市区，可见人民政府对其之重视。后来，在老房子的基础上加以翻盖，还建起当时最为时尚的混凝土大门，门上方用浮雕式镌刻着立体的店名，并漆上大红的亮色。门两旁还有玻璃橱窗用以展示新书，门面十分气派，成为当时阜阳最靓的商店。店内是当时十分难得的平整的水泥地面，明亮的玻璃柜橱，整齐的书架，洁净的环境，这在当时比较落后的阜阳是上好的去处，吸引了大批读者纷至沓来。在节假日，不少买不起书的青少年或背靠着柜台，或蹲坐在地下，聚精会神地阅读，直到书店下班还不忍离去。

60年代，阜阳市政建设逐渐向东扩展，新华书店在新建成的城市主干道人民路上建设新店。新店为两层楼，营业面积扩大，店面今非昔比，标志着书店已经进入规模化经营，成为当时国营企业中的佼佼者。改革开放后，新华书店又分别在颍州路新址和人民路原址上兴建新的大楼。为了适应经济腾飞和人民群众日益高涨的精神生活和文化生活的需求，现在的人民路图书城不仅规模更大，营业范围也扩大了，包括各类图书、数码电子产品、文化用品和体育用品等，成了皖西北面积最大、功能最完善的书城。

社会主义市场经济的形成，使阜阳的书店业突破了一家独秀、独家经营的格局，走向了市场化、多元化的竞争时代。改革开放初期，有些个体商户从北京、武汉等地的图书批发市场购进图书，在阜阳销售。从一家一户的门市部小规模做起，逐渐做大。现在已经形成了鼓楼、瑶海两个大型的图书批发市场，以经营中小学教辅一类图书为主，深受学生和家长欢迎。市内在师范学院周边及颍上路中段，还有一些个体书店，最有名的是连锁店“席珠书屋”。为了适应人们提高学历、职称以及报考公务员、入编的需要，还出现了一些专业性的考试书店。在市医院附近，还有两家经营医药专业书籍的医学书店。现今阜阳的一些大型商场和超市也加入了图书经营行列，如百货大楼、华联、大润发、沃尔玛等，使阜阳书店业呈现日益繁荣的景象。书店经营的多元化和市场化，既为图书发行拓宽了渠道，又有利于书店业自身的竞争和发展，当然，读者也从中得到了实惠。在书店业新的发展格局中，新华书店凭借国企地位和雄厚的实力，依然居于龙头老大的地位，在图书发行和销售中，继续发挥着主导作用。

发表于2011年12月29日《阜阳日报》

老阜阳照相馆

阜阳影楼最早出现在1904年。江苏人陶小村携一架镜头为伸缩皮匣的德国莱卡照相机来到阜阳，在贡院街开设了一家照相馆。这是阜阳市有史以来的第一家照相馆，从此，阜阳影楼业迈出了第一步。

一开始，照相馆生意并不见好。一是当时人们思想比较保守，把舶来的西方科学技术统称为“奇技淫巧，左道旁门”，一概加以排斥；二是阜阳地处内陆，偏僻落后，很难接受新事物，对照相这种新鲜玩意不敢接受。甚至还有谬论流传，说是照相可以把小孩的灵魂吸到那小黑匣子里。这种可笑的说法居然还在人们特别是老人中颇有市场，所以照相馆生意清淡，门可罗雀。

后来情况发生了改变，一些在芜湖、安庆、北京读书的学生和到日本留学的青年回到阜阳，他们对照相非常感兴趣。在他们的带动下，当时生活质量较高的达官贵人、做生意的富裕人家，开始尝试照相。照相逐渐走入寻常百姓家，成为人们消费的一部分。最受青睐的是合家欢和老人的照片，因为老人过世后可以留存以寄托怀念之情，比过去请人画像简便得多，也划算得多。

1909年，徽州人汪宝卿来阜阳开设了“宝记”照相馆，当时四寸照片两张竟需五块银圆，折合小麦200斤，实属高档消费。民国以后，阜阳开始有了小型的工业，如禽蛋厂、轧花厂、粮食加工厂、烟厂、印刷厂等，经济有了发展，城镇居民数量增加，阜阳的影楼业随着市场的需要进一步扩大，商家见有利可图，先后开设了“润记”、“赓记”、“甫记”、“飞影阁”等几家照相馆，除此以外，最有名的当数“美芳”、“丽芳”两家，居于领导地位。

“美芳”位于鼓楼南大街路西，处于闹市区，为河南新蔡县人熊子涵所开，装潢新颖，设备精良。门上有艺术体的“美芳照相馆”几个醒目的大字，门面两侧为玻璃橱窗，陈列着电影明星的剧照和照相馆自己的佳作。门内左右分设两个接待柜台，一边开票据，一边取照片，很有章法。进入馆内是一个小院，南面是暗房和工作间，北面是影棚。影棚上方覆盖磨砂玻璃的天窗，可以利用自然光拍摄，天窗内装有布幔用以调节亮度。影棚的布景有很多种，供顾客挑选，不外乎楼台楼阁、园林美景，据说都是从上海订制的。工作人员着装整洁、仪表端庄，待客彬彬有礼。“丽芳”位于鼓楼北大街路东，也是阜阳的繁华地段，为“美芳”所聘技师自立门户开设的，设备比“美芳”稍逊一筹，但在当时的阜阳也堪称一流。两家照相馆各领风骚，互相暗中竞争，但从口碑来看，“美芳”的技术水平、服务质量均高过“丽芳”。

解放后，阜阳的影楼业经过公私合营等运动，加上国民经济的恢复发展、城镇规模的不断扩大，在质和量上都有了新的提高。后来又新增了一家“国际”照相馆，设备、技术均为上乘，标志着阜阳的影楼业上了一个新台阶。改革开放后，随着社会主义市场经济的逐步形成，阜阳影楼业开始实行个人承包经营。而“美芳”、“丽芳”两家照相馆也因为古商城和解放北大街的开发而不复存在，只能留在阜阳人民的记忆中了。它们的退出标志着阜阳影楼业胶片时代已经终结，进入了数码时代。旧的影楼业从市场退出的另一个重要原因是台湾婚纱影楼的异军突起，自从台湾婚纱影楼登陆广州、上海之后，就以惊人的速度向内地扩张。阜阳虽然作为内陆小城市，但也很快接受了这个新事物。台湾婚纱影楼以装饰豪华、服务周到、技术精湛、设计新颖、制作精美、注重品牌和质量而深受青年男女的喜爱，迎合了物质生活和精神生活水准不断提高的“80 后”、“90 后”们追求新潮、时尚、享受、奢华的心理。尤其是个性化的拍摄手法，艺术化的后期制作，更受到顾客的青睐。电脑、数码技术的推广和提高，使婚纱摄影富有无可比拟的张力，独占了阜阳影楼业的鳌头。有些档次较高、设备装置较为先进和技术条件较好的婚纱影楼还承接个人写真，由于这种业务可以根据客户个人要求量身定制，拍摄十分讲究艺术品位，追求主题、构图、色彩的完美和个性界面的与众不同，富有情趣而且充分考虑个人的私人专属空间，很受那些追求极度张扬个性和浪漫，希望留住自己青春美好形象的潮人们的欢迎。现在，在阜阳市颍上路人流最为集中的街区，婚纱影楼多达十几家，成为阜阳市区一道靓丽的风景线。

目前阜阳影楼业出现了市场细分化的局面，除居于主流的婚纱影楼外，还有不少家以经营儿童摄影为主的影楼。国家计划生育政策的贯彻执行使家庭对独生子女的珍爱无以复加，生日照成了孩子一年一度生日庆典的不可或缺的内容，所以把“小皇帝”作为营销目标的儿童影楼自然大行其道。除此之外，还有一些规模较小的以经营快照为主的数码照相店，以经营数码冲洗为主的扩冲店，以制作 CD 光盘为主的专营店，或者兼营上述业务的综合店。这些店铺虽然没有专业影楼那样财大气粗、人多势众，而且很多都是夫妻店，但由于经营有道，采取薄利多销的方式，也有一定的生存空间，它们是阜阳影楼业的游击队。这些小规模的店铺和作为正规军的大型影楼的共生，标志着阜阳影楼业步入经营多样化的新阶段。

阜阳农村城镇化步伐的加快和阜阳市所辖县、市小城镇的日趋现代化，使婚纱影楼业加快了抢占周边小城市和乡镇市场的步伐。影楼业向这个方向的扩张已经成了业内竞争的另一个战场，乡镇影楼或采取与市内大影楼合营的方式，或采取冠以市内影楼分店的形式，或使用在乡镇影楼拍摄，而后送至市内影楼后期制作的办法，为农村青年的婚嫁提供了方便。乡镇影楼的出现，说明阜阳市农民生活质量正在逐步提升，也为阜阳影楼业的发展开拓了新的天地。

发表于 2012 年 1 月 12 日《阜阳日报》

阜阳的烟草史话

解放前，阜阳人的抽烟方式主要有两种。一种是旱烟袋，一头安个烧烟的铜锅，一头连着个玉石的烟嘴，中间的竹竿上吊着一个烟荷包，讲究的荷包上还绣着花。烟荷包里装的是烟叶末，把烟末填满一锅烟，再用铁镰和打火石碰击，敲出火来点烟。另外一种是水烟袋，吸烟人捧个铜制的水烟袋，一手端着水烟袋，一手拿着纸卷的火媒子，把烟丝装到铜水烟袋的口上，用火媒子点烟，然后通过水烟袋的一个弯曲的铜管吸烟，烟袋里面装的有水，所以吸烟的时候就会发出呼噜呼噜的声音。

民国初年，阜阳出现了为吸水烟袋服务的轧切烟丝的烟铺，一家叫德盛隆，另一家叫天和永。把烟叶铺平，加上蜂蜜、香油、姜黄等辅料，压紧，再用专用的刀具切成极细的烟丝，很受上层消费人士欢迎，因此十分流行。

鸦片战争后，西洋卷烟开始入侵我国，阜阳也有了代理洋烟的商行，最初的一家叫永兴公司。洋商还在阜阳派驻监理，监督销售业绩。商行采用洋鼓洋号队宣传，免费赠发品尝的促销方式，招徕消费者，使洋烟逐步在阜阳的市场站住了脚跟。

洋烟洋火传入中国后，阜阳因为地处偏僻，是一个内陆小城，所以能吸上洋烟的人不多，那是一种奢侈品。洋火就是火柴，只有中产以上的人家才能用得起。民族工业萌芽以后，从 1937 年开始阜阳有了小型卷烟厂，说是厂也就是前店后厂，人数也不多，不过是经营者一家加上几个帮工小学徒，就算是一个厂了。卷烟厂没有动力设备，用的是小型手工卷烟机，十分简陋。先把收来的烟叶精选，剔去粗梗，经过烘烤，再把烟叶一张一张地叠起来，中间撒上少许的糖，喷上香料，然后经过压制，再放进切丝机里一刀一刀地切。切好的烟丝一头放进卷烟机里，另一头放进从上海购买的卷烟专用纸条，用手一压，一根卷烟就从机器滚出来，当时的烟厂就用这样的速度生产香烟。由于阜阳农村有种植烟叶的习惯，原料充沛，使这种半机械化的烟草工业在阜阳迅速发展，鼎盛时大大小小的手工卷烟厂竟达上百家，从业工人达千人。

民国时期，阜阳的洋烟主要是从上海批发来的，比较畅销的有“哈德门”、“美女”、“老刀”、“飞轮”、“炮台”等品牌。这些品牌由于包装精良，质量上乘，信誉较高。阜阳的小烟厂根本无法与这些大厂竞争，只能生产低价香烟，供应下层低消费者。有的厂生产的香烟连商标也没有，只能用白纸包装，俗称“白纸包”。名贵的香烟包装盒里衬的有防潮的锡纸，俗称“锡纸包”，敬烟的时候，不看别的，就看包装即可知道烟的档次。由于战乱频繁，社会很不安定，到解放前，阜阳城只有大成、大华、泰和三家烟厂还在苟延残喘，勉强维持，产品有“古钱”、“钟鼎”、“熊猫”、“金狮”等品牌。

阜阳解放时，恰逢上海有一家烟厂的老板害怕战乱，把一套当时很先进的以柴油为动力设备的卷烟机械装上木船，从黄浦江入长江，通过运河，再从洪泽湖入淮河，而后通过沙颍河，辗转来到阜阳，准备在阜阳办厂。新中国成立后的人民政府十分重视经济建设的发展，同时考虑到烟草收入和盐业收入一样，是政府收入的重要来源，于是和当时尚存的宏达、建华等几家小型的机器卷烟厂的厂主商谈，申明大义。经过他们的一致同意，和国营的烟厂合并，于1949年9月，在现在的治安街和人民路交叉口成立了阜阳人民卷烟厂，这标志着解放后阜阳的烟草工业由此开始起步。

阜阳人民卷烟厂成立伊始，就显示出一派繁荣景象，工人当家作主，精神面貌焕然一新。加上工会工作十分活跃，政治运动一个接着一个，工人的思想觉悟也在日新月异的提高。朝鲜战争爆发后，阜阳人民烟厂推出了自己的第一个产品——“永平”牌香烟，这个品牌的政治意蕴很深，“永平”就是永远和平的意思，这是当时全世界人民的共同心愿。香烟盒的一面画的是一只强劲有力的巨手举着一把火炬，另一面画的是两只和平鸽站在地球上。画面显示，只有经过全世界人们的团结斗争，才能争取持久和平。这对当时抗美援朝的宣传起到了有力的推动作用。因为香烟可以走进千家万户，而烟盒上的宣传画也由此深入人心，是其他宣传方式无可替代的。

从此以后，阜阳卷烟厂又陆续推出了各种中、低端的产品，这些品牌的最大特点是带有明显的阜阳地方特色，如“平原”、“颍河”、“淮河”、“淮北”、“前进”、“大铁桥”、“江淮”等，以适应各种人群尤其是阜阳农民的需要。因为阜阳的农业人口占了大多数，香烟的主要市场在农村，中低端产品适销对路，这就使阜阳人民卷烟厂的产品很快占领了阜阳市场的绝大多数份额。当时的“大铁桥”香烟只卖八分钱一包，而同一时期上海卷烟厂的高端产品“大前门”则需五角钱一包，由此可见差别之大。

阜阳人民卷烟厂由于善于经营，加上地方政府的重视，发展越来越快，原来的厂址已经不能容纳大型机械化生产，遂迁往现在的颍河东岸。产品也不再仅仅是中低档产品，而向高端产品挺进，并取得了喜人的业绩。其标志就是厂家随着濉阜铁路的建成而推出的“阜阳”牌香烟。濉阜铁路的贯通，改写了阜阳没有铁路的历史，从此，全国铁路运行图上开始有了阜阳站，这使得阜阳人民增加了无穷的自豪感。为了推介阜阳，宣传阜阳，阜阳人民卷烟厂及时推出的“阜阳”牌香烟在社会上引起极大的反响。烟盒的一面绘的是阜阳当时的标志性建筑阜阳火车站，另一面是一列风驰电掣的火车。整个烟盒为喜庆的大红色，隶体的“阜阳”两个字为金色，很有中国特色和中国气派，这个品牌是阜阳人民卷烟厂出品的第一个精制香烟。从此以后，阜阳人民卷烟厂成了安徽烟草行业几家骨干企业之一。20 世纪后半叶，阜阳烟草工业的从小到大，见证了阜阳地方工业的飞速发展。

发表于 2013 年 4 月 11 日《阜阳日报》

阜阳颍河航运的那些往事

阜阳地处淮北平原，境内的沙颍河水系自河南发源，注入淮河，河道航运在历史上一直是交通运输的主要力量。特别是在汽车运输时代到来之前，阜阳的大宗商品出入主要依赖河道运输。

颍淮地区知名的港口

民国时期，颍河运输相当繁忙，主要运输工具是木船。木船上可达河南周口，下可达颍河入淮口正阳关，并可沿淮河入洪泽湖，而后进入长江，抵达上海。来自上海的洋货，大都是通过这条航道进入阜阳的。木船运输虽然速度较慢，但适于运输体积大、粗重、易碎的货物，所以很多木船寻江远达江苏宜兴，运回那里生产的水缸等陶制器皿。

1915 年，蚌埠兴淮轮船公司租用军阀倪嗣冲的私家火轮“颍州号”，开辟蚌埠至阜阳的航运，这是阜阳历史上商用轮船运输的开始。航运的繁忙带动了港口的发育，阜阳三里湾濒临颍河，是一个天然良港。到民国时期，已经成为颍淮流域知名的港口。当时几家不定期来往阜阳和蚌埠的小轮船公司合并成立长淮轮船公司，共拥有三十多艘大小轮船参与运输，出现了阜阳内河航运前所未有的鼎盛时期。1927 年，三里湾港口的 500 名码头工人为抗议反动政府在颍河上设立税卡，冲进水上警察局，砸碎门窗桌凳，迫使国民政府撤去税卡，在阜阳工人运动史上留下了光辉的一页。

抗日战争爆发后，蒋介石为阻挡日军南下，竟然在黄河花园口炸堤放水，淮北平原顿时成为水乡泽国，人民生命财产损失不计其数。由于洪水无法消退，这里成了一片汪洋，被称为“黄泛区”。“黄泛区”成了沦陷区和大后方之间的天然屏障，又同时成为来往两地的交通线和走私通道。商人利用这个水上通道，用木船走私香烟、布匹和内地紧缺的食盐、染料、西药，同时又把大后方的土特产运往外地。界首市当时正处于当时“黄泛区”的要冲，一时商贾云集，茶楼酒肆林立，灯红酒绿，十分繁华，被称之为“小上海”。

小型燃油客轮畅通无阻

新中国成立后，人民政府十分重视河道运输事业的发展。为了改变当时航运只有货运而无客运的现状，满足人民群众对交通出行的要求，于 1952 年购置两艘小型燃油客轮，分别在颍河和泉河开展客运。

泉河客运有时受航道较窄及枯水期的影响，运营不是很正常。颍河客运班线由阜阳至正阳关，一直畅通无阻，成了当时阜阳人去蚌埠、南京、上海的一条十分热络的线路。

三里湾港口也成了颍河上规模最大的一个港口，船桅林立，汽笛鸣唱。一到夜晚，岸上港口的灯光和河里的船上的灯火交相辉映，在水中倒映如画。

黄金水道变得冷落凋敝

1963年，阜阳颍河闸的配套工程颍河船闸建成，对颍河的航运发展发挥了重要作用。虽然汽车运输已经逐渐取代河道运输，成为阜阳交通运输的主力。但是河道运输作为必要的补充，在运输沙石、煤炭等大宗货物方面以运费低廉、装载量大而继续发挥其不可替代的作用。

大跃进时代，以船民为主的三里湾成立了“水上公社”。可是历史证明，它只起到了阻碍阜阳水上航运事业的发展，挫伤广大船民运输的积极性的作用。在以后的岁月里，由于沙颍河上阻拦物多，河道阻塞，加上三里湾船闸年久失修，无法运行。致使船民有的上岸重谋其他行业，有的转移到新开挖的茨淮新河。颍河这条曾经的内河航运黄金水道变得冷落凋敝，船只稀少，令人扼腕叹息。

阜阳港进入一个新天地

改革开放后，由于党的各项经济政策的不断落实，河道运输又呈现勃勃生机。木船已经退出历史舞台，而代之以大型机动水泥船。党的十一届三中全会后，河道运输日渐兴旺，不少个体户纷纷购置新船，加入运输队伍，刺激了阜阳造船业的发展。以生产钢壳柴油动力驳轮的造船厂在太和等地崭露头角，日益显示出兴旺发达的好局面。生产吨位能力不断提高，订单应接不暇，已经成为当地工业的一个新兴支柱产业。

进入新世纪以后，改革开放后的阜阳百业待兴，重新开发沙颍河水道也摆上了议事日程。最近三里湾新修的船闸竣工，标志着阜阳的航运事业掀开了新的一页。随着沙颍河疏浚工程的快速推进和三里湾港口设施的扩建，阜阳的内河航道事业必定会进入一个无限广阔的天地。

发表于 2013 年 5 月 9 日《阜阳城市周报》

阜阳民航旧事

上世纪 80 年代前后，从阜阳去合肥最快捷的行程当数乘坐阜阳民航的班机，当时的阜阳民航也仅有阜阳——合肥这一条线路。那时的阜阳机场在现在的颍州学村和师院西区一带，有一条南北方向的跑道。这条跑道可谓是阜阳人民的杰作，跑道是用阜阳本地特有的砂礓铺成的，砂礓产于沙河与泉河河道里，是一种因长期水压和渍积而形成的半沙半石的材料。修建跑道动用了上千民工，单靠人拉肩扛，没有动用任何大型机械。从材料的本土化和建设的人力化两方面看，这条跑道就很有阜阳特色。在修建跑道的时候，意外地发掘出汉代汝阴侯墓，成为当时国内考古学界的一大惊人之举。这是修建阜阳机场的副产品，可谓古代文明和现代生活方式碰撞的结果。阜阳机场的修建虽然开启了阜阳民航的序幕，但那时的机场并不属于阜阳管理，而是直属省民航局管辖。

机场航站楼不大，由一个微型的指挥塔台和一个小小的候机室组成，位于跑道的最北端。这里环境优美，绿化搞得相当好，有各种花木，绿树成荫，姹紫嫣红，景色十分宜人。候机室虽小，但布置相当雅致。墙上贴有“须知”一类的公告和民航有关的宣传画。室内放着沙发、茶几，摆放着报纸杂志，给人非常舒适的感觉。乘务员小汪同志身材高挑，穿着合体的民航制服，十分俊俏，服务态度相当的好，总是面带微笑。大概是因为航站仅有这一位乘务员，所以常来常往的乘客和她都很熟。每次登机前，她照例要发给每人一份纪念品，如糖果、钥匙扣、简易剃须刀之类。糖果是让乘客在飞机上吃的，为的是能起到对耳膜减压的作用。飞机每次从合肥飞来，大多从跑道南端降落，然后滑行到最北端的停机坪。这时飞机发动机并不熄火，飞行员一般也不离机，乘客上下完毕后立即起飞，所以飞机在阜阳机场停留的时间不超过 20 分钟。

那时阜阳民航不仅是机场小、航程短、航线单一，而且承担航班的飞机也很小，专门飞返阜阳、合肥航班的飞机是一种两个机翼的苏制“安—2”型飞机，机身涂成深绿色，从远处看很像一只大蚂蚱。前不久在阜阳举行的第四届全运会跳伞比赛使用的就是这种飞机。飞机最多仅能载客 12 人，条件好的里面装有沙发，坐进去非常软和，次的里面是两排硬座，乘客相对而坐，每边六个，不大舒适。飞机里面的设备都用俄文标注，那时乘客中有不少中学是学过俄文的，所以也能靠瞎蒙一知半解。起飞时，飞机先在原地加速，然后滑出跑道，飞向蓝天。从舷窗向外看去，脚下的田野、村庄、河流十分壮观。飞机飞得并不高，连池塘里面的白鹅都依稀可辨。驾驶室和机舱是相通的，乘客也能看到飞行员是如何驾驶的。看来飞行导航并不复杂，仅目测地面上的地理标志就可以了。飞机从阜阳起飞后，沿沙颍河一直往南飞，看到沙颍河入淮口的正阳关是第一个地标；然后继续向南，看到寿县安丰塘是第二个地标；然后再向南，看到大、小蜀山，就知道合肥已经到了。

天气晴好的时候，飞机飞得很平稳，人的感觉也没有什么异常。可是如果碰上了强气流天气，人就不那么舒服了，只见飞机忽上忽下，在云层里颠簸，这哪里是坐飞机？简直就像坐在田野里奔驰的拖拉机一样。开始有受不了的乘客吐了，然后一个接一个，吐得如同翻江倒海。飞机上有种防水的纸袋是专门预备这种情况的，有的人吐了一袋还不行。有一次到合肥，天气突变，云层极低，看不见机场，飞机只好在上空盘旋了半个多小时，最后才瞅着云缝降落下去。不过这种飞机也有优点，有一次下雪，合肥到阜阳的公路不通车，焦急的旅客只好改乘飞机。飞机飞临阜阳机场上空，只见跑道上白雪皑皑，但两边插上了小红旗作为标志，飞机按标志平稳地降落在雪地里，乘客们不禁高兴得欢呼起来。

从阜阳飞到合肥骆岗机场以后，已经有一辆客车在跑道等候，然后直送乘客到四牌楼。正常情况下，阜阳到合肥不过50分钟，从骆岗机场到四牌楼还需十多分钟。那时，看到骆岗机场上停着的“伊尔”、“波音”型的大飞机，心里总有一种惆怅：什么时候阜阳也能飞上大飞机呢？当然，现在这个愿望已经成为现实。改革开放后，随着阜阳市经济建设的腾飞，阜阳市的民航事业有了突飞猛进的发展，成立了民航局，兴建了大型现代化的新机场，先后开通了往返上海、广州、北京等大都市的航班，拉近了与这些中心城市的距离。原来的老机场已经不复存在，而且将逐步淡出人们的记忆。今天，当你坐在宽敞明亮的新的阜阳航空港候机楼的时候；当你坐着大飞机在宽阔平整的阜阳新机场跑道上滑行的时候；当你从祖国的南北乘机回到阜阳的时候，你一定会为阜阳市航空事业的飞跃发展而感到自豪。每一个阜阳人这时一定都会在心里说：我们一定要继续努力，把可爱的阜阳市建设得更加美好！

发表于2010年12月19日《颍州晚报》

漫谈阜阳群众舞蹈

新中国成立前的阜阳城，由于社会极端封建保守、愚昧落后，文化生活十分贫乏，除了逢年过节有赶旱船、打连枷之类能勉强算得上民间舞蹈外，根本谈不上有什么群众舞蹈可言。1949 年，阜阳人民彻底翻了身，解放了的阜阳市民焕发出青春活力，在阜阳城的历史上才开始了有真正的群众舞蹈，并且随着时代的发展，展现出不同的风姿。

解放之初，随着解放大军的入城，陕北的腰鼓和东北的大秧歌也风靡了小小的阜阳城，最早把这两种舞蹈推向街头的是当时培养干部的“干训班”的学员和青年学生、工会组织等。腰鼓的奔放、秧歌的欢快，给阜城人民带来了一股健康向上的清新之风，表现了革命政权无限的生命力，抒发了解放了的人民渴望新生活的思想感情。所以每当集会、游行或庆祝活动，总少不了这两种群众舞蹈，而且参加的人越来越多，“解放区的天是明朗的天……”的歌曲和腰鼓雄健的声响一时响遍了阜阳城。人民政权建立伊始，就非常重视群众文化和宣传工作，很快成立了文工团。文工团演出了不少从东北老解放区传来的健康向上充满活力的舞蹈，使阜城人民打开眼界，也为推介引导群众性舞蹈发挥了主要作用。

恢复建设时期，群众得以休养生息，过上了和平安定的生活，这时，原本在党政部门上层流行的交谊舞开始向基层延伸，阜阳城的干部、教师、医生等首先加入了跳交谊舞的行列。只要到了周末，各大单位的礼堂、会议室就变成了舞场。舞曲是用手摇把的唱机放上胶木唱片播放的，最流行的舞步是“三步”、“四步”，能跳“华尔兹”和“快三”的就算是高手了。最流行的舞曲叫《纺棉花》，节奏明快，最适合“四步”。随着“纺呀，纺呀，一天就纺出二斤花”的歌声，人们在舞池里翩翩起舞，不但解除了一周工作的疲劳，而且使男女青年在相拥对舞中加深了感情，擦出了爱情的火花。这标志着新中国成立后阜城人民掀开新生活的一页。

抗美援朝开始后，志愿军在朝鲜的战斗紧紧地牵动着全国人民的心。阜阳人民也不例外，除了开展“加紧生产，支援前线”的运动和欢送青年入伍参战、捐款捐物等活动外，也密切关注着兄弟的朝鲜人民。于是朝鲜歌舞开始在国内流传，阜阳城的中小学校的师生，也都学会了不少朝鲜的歌曲和朝鲜舞蹈，经常在集会上表演。阜城群众舞蹈总是和着时代的脉搏，由于苏联对中国社会主义建设的大力支援，苏联舞蹈也开始在阜阳流行。当时有句最响的口号就是“学习苏联老大哥”，阜城女青年的穿着也很受苏联电影的影响。当时最时兴的装束就是印着碎花布的连衣裙——“布拉吉”，这是俄语的音译。苏联舞蹈在阜城的学校方兴未艾。这其中文化馆的干部起了很重要引导和推波助澜的作用。当然，随着以后中苏关系的交恶，苏联的歌曲和舞蹈在阜阳自然也就烟消云散了。

文化大革命前，全国非常流行的几个优秀舞蹈节目在阜阳都曾流行过，比如《荷花舞》《采茶舞》《洗衣歌》等。在当时的阜城中小学校的舞台上，都能看到这些舞姿。

文化大革命中，阜阳城也和全国一样，大唱忠字歌，大跳忠字舞，几乎是全民皆舞，人人都会。现在看来，那些程式化的舞蹈实在可笑。可是在当时，人们在跳这些舞的时候确实是满怀虔诚，无限崇拜。大大小小的文艺宣传队，穿着一色的军装，臂上戴着红袖章，活跃在街头闹市、田边地头、工厂车间。表演着大同小异的节目，用差不多的动作和造型，诠释着一种狂热。但是，随着文化大革命的终结，这些歌舞最终成了人们的笑料。

阜城的群众舞蹈真正的热络是在改革开放之后，邓小平南方谈话为阜城人民送来了春天，邓丽君的歌曲从穿着喇叭裤的年轻人手中提着的录音机里传出来。第一届全国舞蹈大赛金奖作品《担鲜藕》也很快在阜阳的晚会上出现，表现了被压抑多年的人民大众对舞蹈的渴求与热望。电视里教的“北京平四”、“水兵舞”很快风靡阜阳城，不管是卡拉 0K 歌厅，还是在家里的客厅；每天晚上，总有越来越多的人参与其中，乐此不疲。而后的交谊舞、国标舞、拉丁舞也都纷纷抢滩登陆，不少人为了学跳舞而去培训班。后来大家都觉得，跳舞不仅是一种精神享受，而且是一种社交手段。舞蹈能够增强体魂，还能矫正和优化体形，增加人高雅的气质风度。对于儿童，更能起到陶冶心灵，增加审美修养，有利身心健康的作用，不少家长都带着孩子涌向拉丁舞、民族舞培训机构。这无形中又催生了一批舞蹈培训的文化产业，行业中又出现了一个新的职业——舞蹈教练。

随着群众舞蹈的普及和人们对文化生活需求的提高，舞蹈形式也不断出新，以美体为目的的“肚皮舞”在阜阳的女士中十分流行，深得女青年们酷爱的“艳舞”、“保健操”、“拉拉操”和深受男青年们青睐的“街舞”

以其大幅度的舞姿和快速的节奏，夸张多变的动作，抓住了青年们的心。而适合中老年的广场舞“十六步”等，仍然是中老年妇女的最爱，长期流行而不衰，继续活跃在阜城的各个广场和公园。

阜阳市的群众舞蹈活动是文化建设的重要组成部分，为了发扬和推广阜阳市的国家级非物质遗产花鼓灯，阜阳市体育局等有关部门组织专业人士编排了适合普及的花鼓灯群众舞蹈，迅速在各团体推广开来。由于这个群舞既保持了花鼓灯特有的韵味，又加入很多现代舞蹈的元素，易学易练，具有广泛的群众参与性，因而在一些大型集会的表演，深得好评。这标志着阜阳城的群众舞蹈，提高到了一个新的档次，预示着更大国家级规模的群众性舞蹈活动的出现，也说明了阜阳市创建全国文明城市的进程方兴未艾。

发表于2012年5月31日《阜阳日报》

梨 膏 糖

记得在孩提时代，阜阳城有一种本土出产的小食品——梨膏糖，可惜现在已经失传了。梨膏糖是用红砂糖加上麦芽糖，再兑上适量的水熬制而成的。熬好后分别加上预先熬好的梨汁，或者是甘草汁，有的加薄荷汁，然后趁热倒进模型里，凝固以后，就成了梨膏糖了。梨膏糖大小不等，很薄，大约有两铜钱厚。小的像火柴盒大小见方，大的要有两个火柴盒那样大。品种有梨味的、甘草味的、薄荷味的和原味的。这几种很好区分，梨味的是白色的，甘草味的是褐色的，薄荷味的是浅绿色的，而原味的就是红糖的本色了。那时的消费水平不高，物价也不高，所以梨膏糖的售价很低，小的旧币二百元，大的旧币五百元，家境稍好的人家的孩子都能消费得起，是一种大众食品。而且里面加了中草药，有益健康，很受孩子们的欢迎。

梨膏糖是红砂糖和麦芽糖混合后的结晶物，上面有一层粉状的小颗粒，糖体酥松，入口即化。既不像红砂糖那样贼甜，又没有麦芽糖的苦涩，再加上有梨子的味儿，薄荷的清香和麻凉，十分可口。即买即食，无须包装。比起百货店里卖的从上海运来的水果糖、奶糖，梨膏糖显得太粗陋了。如果把它和水果糖、奶糖放在一起，就像村姑站在洋小姐身边一样，朴实无华。但是水果糖和奶糖价格太昂贵了，一般人家不敢问津，所以还是感到本土产的梨膏糖实惠、亲民。

卖梨膏糖的在阜阳只有一家，是一个头顶秃得发光的老头，给人印象很深。老头卖糖没有店铺，提篮小卖。但也有一个固定的消费点，就在北城小学的西边街口，当时那里是阜阳城最热闹的地方。他随身带着一个木制的大马扎，把马扎放好后上面摆一个木箱。打开木箱，就能看到箱盖内层和箱底摆放着各种梨膏糖，顾客一目了然。为了吸引顾客，老头还有一个营销特色，那就是他还带了一部当时很吸引观众眼球的手摇唱机。他先用手摇把上足了发条，然后放上胶木唱片，再放上唱针，于是从唱机的大喇叭里就传出了声音。老头的唱片不多，只有一张当时在阜阳一带小有名气的梆子戏名角马金凤灌的唱片，记得是《穆桂英挂帅》。可能老头自己也是马金凤的粉丝，所以百放不厌。老头放唱片的时候还有一个绝活，马金凤唱一句他解释一句，边解释边做动作。他手里还拿一把折扇，边说边比画，很快进入角色。马金凤唱“辕门外三声炮”，他用手指头比了个三。“如同雷震”，他把手举到头顶。“天波府里走出来我”，他用手比画着自己。“保国的臣”，他气宇轩昂，圆瞪双目，双手拉开，摆个戏曲中武将表演的把式叫“匀手”，比了一个英雄的架势。看他那个样子，好像是他自己在唱，非常投入。听众也被他感染了，个个凝神屏气，一边听着马金凤的唱，一边看他表演。一段梆子戏唱完了，周围吸引来的人也不少了，他就抓住时机，宣传他的梨膏糖的功效。他采用的是快板书的方式，语言轻松幽默，充满生活气息，押韵合辙，流畅自然。大意是老人吃了我的糖，长命百岁寿无疆。小孩吃了我的糖，一定考上大学堂。姑娘吃了我的糖，花轿接你拜花堂。可惜时间久远，他唱的内容已经记不清楚了。在他的强大的宣传攻势下，糖的销路当然很好，绩效更不用说，老头笑眯眯的把几百几百元的小票装进对襟褂的口袋里。

现在回忆起梨膏糖来，觉得有一种失落感。因为当时我们不仅吃的是梨膏糖，更有一种不可多得的梨膏糖文化蕴含其中。可是，今天我们又能从哪里再寻觅到这种本土特色的文化呢？可惜啊！我们失去的可能不仅是像梨膏糖这一类的土特产，更多失去的是以梨膏糖之类为载体的充满乡土气息的本土文化。如何抢救和保护这一类遗产，是现代文明社会应当重视的课题。

发表于 2012 年 9 月 6 日《阜阳城市周报》

阜阳小吃面蚕豆

阜阳有一种濒临失传的小吃——面蚕豆。面蚕豆的特点就是麵，烀熟的面蚕豆个个体态硕大，咖啡一样的颜色，上面还沾着从蚕豆开口处溢出的豆沙。蚕豆烀得很透，入口即化。酥松，糯软，沙散，口感极好。加上特殊的五香味，那样可口的感觉，美极了。面蚕豆易于咀嚼和消化，是一种老少皆宜的小食品。小孩子可以当零食，大人可以佐餐下酒。以前它是一种平民食品，最适宜老人，因为老人牙口不好。过去当你傍晚走过老阜阳城的街巷时，你或许会看到这样的场景：一位老人蹲在自家门口，打着赤膊，摇着芭蕉扇。面前凳子上放着一杯一箸，二两白干，一盘面蚕豆，抿一口酒，就几颗豆，自得其乐。现在这种平民化的本土小吃也登上了大雅之堂，在一些大酒店的冷盘菜谱上，你会发现面蚕豆这一款。而且常常供不应求，迟来的宾客点到这道菜的时候，服务员还会赔着笑，说："对不起，已经卖完了，下次再用吧。"

过去阜阳城经营这种小吃的商贩很多，经常可以在大街小巷听到"买一麵一蚕一豆"的叫卖声。卖面蚕豆的大都集中在阜阳老城的东关岗子上一带，那里除了卖面蚕豆的以外，还有卖烧鸡、五香花生米的。卖面蚕豆的最多的时候有五六家，后来只剩下姓锁的、姓白的和姓潘的三家。之所以越来越少，一是小本生意挣不了多少钱；二是做法讲究费工费时；三是从生产到销售一个人干十分辛苦；四是做好的面蚕豆不易保存，尤其在夏天，如果一天卖不完就会贴本。所以经营面蚕豆的越来越少，他们的子弟本来可以子承父业，可是现在挣钱的门路越来越多，谁还愿意干这个呢？儿子不愿接班，又没有愿意接班的，所以这个行业面临着即将断档的危险。

现在偌大个阜阳城卖面蚕豆只剩下了仅有的一个人，叫赵玉贵。经过串街走巷的深度寻访，我们终于找到了这位阜阳面蚕豆的传人。赵玉贵老人今年 69 岁，家住颍泉区泉北李营庄，从 1958 年 19 岁的时候拜东关姓锁的为师，干起了这一行。先干了几年小伙计，当当师傅的下手，出师以后自己经营。每年除了年节以外，只要不是大雪天，老人天天在做，一干就是 50 年。现在老人的身体还好，每天还骑着一辆旧自行车，车后放着一个扁篮子，沿街叫卖。

据老人介绍，面蚕豆之所以好吃，主要是制作工艺讲究。不要看这种简单的吃食，没有相当的经验和方法，是难以达到口感的要求的。制作面蚕豆，要经过几个流程：

第一步，挑选原料。面蚕豆的原料就是本土出产的蚕豆，但要挑选颗粒饱满、个头大的。瘪的、小的、发霉的都要一一剔除。选料一定要精，而且要用清水认真淘洗几遍，以免有泥沙混入磣牙。

第二步，材料浸泡。洗净的蚕豆放入缸内，加入佐料浸泡。材料主要有八角、桂皮、茴香、良姜、砂仁、白芷、草果、肉桂、豆蔻、花椒、甘草等，还有几种材料，属保密之列。赵老说，那叫裤头方，过去是藏在内衣里，师傅在徒弟出师前才传给徒弟的。既然老人这样讲，我们就不好再追问了。

第三步，上锅蒸煮。阜阳话叫烀，蚕豆经过八个小时的浸泡后，放入锅内，加上适量的水，开始蒸煮。赵老每次烀十五斤蚕豆，用的是十掌子的铁锅，要放多少水，这就要靠经验。赵老用的是木柴作燃料，因为温度比较好掌握，而且烀出的面蚕豆没有烟火异味。开始先用大火烀，到一定时间再用小火焖。总共大约需三个小时，火候的掌握，是制作的关键，全凭经验决定。

第四步，摊凉拌料。起锅以后，要加食盐和自制的材料面。所谓材料面，就是研磨得很细的佐料粉。材料面的成分大抵和浸泡的材料相同，当然其中也有秘制成分。不过赵老告诉我们，他的面蚕豆一不放胡椒，二不放孜然。把食盐和材料面拌匀，然后摊开，待凉透后装进扁筐子里，准备出售。

赵老说，他每天的制作时间很有规律，早晨六点钟起床，把捡好洗好的蚕豆泡上。然后把昨天装好的面蚕豆分送到几个菜市场，批发给酒店的采购员。剩下的再沿街叫卖，大约十点钟左右卖完回家。回家后做一些劈柴、磨制材料面的辅助工作。下午把泡好的蚕豆入锅烀，晚上起锅。只要不是遇上恶劣天气，天天如此。阜阳市民能有吃上面蚕豆的口福，还真的要谢谢这位老人啊！

可是每当老人提到未来以后的事，总是叹息，看来这个行业后继乏人也是他深感苦恼的一件事。这么好的阜阳本土小吃不能在我们这一代湮灭呀！建议有关饮食管理部门和有兴趣的食品厂家，能否鼎力相助，抢救这一濒危食品。趁着赵老还在，征集制作方法，研究大规模生产的可能性。建立面蚕豆生产线，利用现代食品科技的方法，比如速冻和真空包装，以解决贮存保质等关键问题。说不定这样做既保存了阜阳这一特色小吃，还能带动一个新的食品产业呢。

发表于 2012 年 12 月 19 日《颍州晚报》

阜阳一中六十年代的校园文化

1962年以后，国民经济逐步恢复，教育事业也得以发展，在这个大背景下，阜阳一中的校园文化显得特别活跃，成为校史上值得回忆的一页。

当时的校长杜慰农，可以称得上一位宿儒。他自幼饱读经书，工于诗词，可以一字不漏地背诵《红楼梦》中黛玉的《葬花词》，这在当时风行“外行领导内行”的教育界，是十分难得的。正因为校长自己具有厚重的文化底蕴，自然十分重视校园文化的开展。加之阜阳一中是五十年代按照原苏联普通高中的模式建造的，其校舍、校园、设施都依据或者模仿苏联中学的办学标准，条件在当时比较优越，这也为校园文化的开展提供了良好的物质基础。

学校图书馆藏书完全能够满足学生阅读的需要，图书馆安排在比较静僻的位置，是一栋单独的平房。房前屋后各有一个小花园，绿树掩映，花卉芬芳，环境优美清新，是一个读书的好地方。阅览室里经常坐满了渴求知识的学子，图书馆员马崇业老师工作严谨，馆内十分整洁，窗明几净，一尘不染，各类图书、期刊陈列有序。开放时尽管学生很多，但鸦雀无声，只能听到书页翻动的声音。在知识信息相对贫乏的社会里，图书馆成了学生们汲取精神营养的好去处。

学校十分重视对学生阅读能力的培养。一中荟萃了一批阜阳语文教育界的名师，郭慕堂老师是影响较大的一位。他经常在节假日应邀去一中附近的县图书馆举办文学讲座，学校鼓励学生积极参加，听众中大半是一中的学生。由于重视对阅读能力的培养，当时的学生普遍具有较好的阅读能力，很多同学在初中阶段读完了中国古典四大名著，高中阶段阅读了《战争与和平》《安娜·卡列尼娜》等著作。

黑板报、墙报、油印小报在一中蔚然成风，各班的黑板报每周定期更换一次，学生自撰、自编、自抄、自画。每逢重大节日，每个班级还要贴出大幅的墙报。因为学生会要评比，所以各班的写画好手都拿出浑身解数，不甘落后，墙报图文并茂，很受学生欢迎。其中还留出重要位置，邀请校领导题字。每次受邀，杜校长都欣然命笔，他的书法苍劲有力，潇洒飘逸，成为学生们效仿的对象。油印的校刊是学生用蜡纸在钢板上刻写，然后在油印机上印出的，每期都是整整齐齐的蝇头宋体小字，可以与铅字印刷的报纸媲美，成了学生们的最爱。

体育活动更是火爆，每天早晨的跑操是必修课，起床铃刚响起，那位个头不高的体育老师就用浓重的四川口音在学生宿舍走廊里大声地喊着："起哟，起哟！还睡干啥，起来锻炼！……"在他的催促声里，学生们快速起床，即便是冬天，也要迎着东方微弱的晨曦，在凛冽的寒风中围着运动场的跑道，一圈一圈地快跑。长此以往，学生的体质自然会越来越好。课外活动是校园里最富有生气的时刻，田径场、球场上，师生们都在积极进行锻炼。几十个简易的水泥乒乓球台一字排开，挤满了学生。篮球场是最吸引人眼球的地方，特别是教师队和学生代表队的友谊赛，观众围得密不透风，青年教师倪泽林和刘文彩带球上篮的英姿至今还为校友们津津乐道。一中还非常注重群众性体育运动的开展，并且加强这方面的宣传工作。在李玉泉老师的指导下，学生会体育部创办了黑板报《体育周刊》，专门宣传报道学校群体运动的开展，交流经验，普及体育科学及健康知识。

学校还成立了各种兴趣小组，把课外活动与课堂教学紧密结合起来。生物学小组帮助老师制作教学挂图，在校办小型实验养殖场的温箱里繁育杂交良种鸡。地理小组则在老师帮助下制作地理模型，校园内还有一个小小气象站，站内有风向标、风力计，百叶箱里有温度计、湿度计等，由气象小组成员每天预报校园天气情况。校美工组到学校对面的行署展览馆，请馆里的美工师教素描、色彩，学习西洋画的技巧、画法。

音乐老师陶继宽是一个精力充沛的青年教师，他负责联系包场电影，每有新片，学校就组织学生排着长队，浩浩荡荡地到附近的人民电影院看电影，这也是同学们最开心的时候。电影在当时可以说是师生们的心灵鸡汤，作为综合艺术的电影，陶冶了同学们的心灵，提高了他们的审美观念。陶老师擅长声乐，学校有一支他指导的合唱队，定期训练。大型史诗合唱《长征组歌》刚在北京上演，一中合唱队就学习排练，并且在联欢会上演出。像十一、元旦这样的重大节日，学校都组织演出。各班纷纷提前准备，排练节目，登台演出。记得精彩的节目有《采茶舞》《荷花舞》《洗衣歌》《打猪草》等等。印象最为深刻的是一中师生联袂演出了曹禺先生的话剧《雷雨》，这在阜阳解放以来还是第一次。剧中繁漪这个最难演的角色是由当时的青年美女教师李传玉老师担当的，李老师对这个人物心理矛盾的刻画入木三分，赢得了师生一致好评。

由于一中重视校园文化的开展，学生的文化素质普遍得到了提高，也推动了教学效果。1964年高考，阜阳一中终于以70%以上的升学率战胜保持多年全省第一的桐城一中，雄踞全省之冠，取得了史无前例的辉煌。

发表于《阜阳文史》第十七辑

阜阳春节民俗琐记

民国以后，为了区分公历和农历的新年，遂把公历的一月一日称为元旦，把农历的一月一日称为春节。但是阜阳的老百姓，仍然把春节视为过新年，是一年中最隆重的节日。

记得在孩提时代，一过了腊八，年味就逐渐浓了起来。喝了腊八粥，就得准备过年了。农村里自家养的猪该杀了，杀了好过年。家家都开始置办年货，忙得不可开交。孩子们更是乐不可支，学校放假了，大家就聚在一起做游戏。到了晚上，男孩子口袋里装的鞭炮，就会时不时放上一个。女孩子提着各色灯笼满街跑，有大红的宫灯、粉色的莲花灯、白色的兔子灯、金黄的鲤鱼灯……灯笼像秋天的流萤一样，到处闪烁。

到了祭灶的日子，家家户户都在庭院里燃起了垛香。有的垛香高达十层，可以烧个十天半月。香烟袅袅，布满了天空，空气里弥漫着浓浓的香气。从这一天开始，鞭炮声便接连不断。偶尔还有谁家放的焰火，划破夜空，在空中爆发出五颜六色的光芒，引得孩子们发出阵阵欢呼。阜阳人把焰火称为“高升”，寄予着对生活天天向上的期许。

祭灶最主要的贡品是糖瓜子，这是无论如何也少不了的。因为据说灶王爷是玉皇大帝派到各家专管监视的，腊月二十三这一天他要上天汇报这家的表现。给他糖瓜子吃，就可以粘住他的嘴，免得他在玉皇大帝面前说三道四。贴在灶台上灶王爷的神像两边也通常有一副对联："上天言好事，下界保平安"，横批是"一家之主"。

祭灶过了，接下来是孩子们最高兴的事了。因为大人要把作为贡品的糖瓜子拿来做点心了。一般的做法是先把糖瓜子在锅里炒化，做成糖稀。然后倒在预先铺好的炒面上趁热摊开，再撒上一层炒好的豆面，放上一些糖桂花，或炒熟的芝麻，擀成薄饼，卷起来，再用刀切成小段，像花卷馍一样，最后用准备好的小方块纸一个一个包好，就算做成了，阜阳人称之为"面糖"。如果在炒好的糖稀里分别放进芝麻、花生米、炒米，拌匀，压实，再切成块，就可以做成芝麻糖、花生糖、炒米糖等。大人在案前忙乎，围在四周的孩子们瞪大了眼睛，眼巴巴地看着。大人看孩子那副馋相，只好每人发给一块，说："都玩去吧，这糖要等到过年再吃啊！"

于是孩子们就盼着过年，因为过年不但可以吃到糖，还可以穿新衣服，拿到压岁钱。大人们在忙过年，孩子们就聚在一起唱儿歌："祭罢灶，年来到，闺女要花儿要炮。老头要个帽窝子，老婆要个发钗子……"在孩子们一遍又一遍的儿歌声里，大人们要忙两件大事：一件是蒸过年的馍，一般每家要蒸好多锅。蒸好的馍上都要点上大红的梅花点，以示喜庆。雪白的大馍，衬上鲜红的圆点，十分喜人。馍都放在秫秸编的馍篓里，到吃的时候在笼里馏一馏。这蒸的馍一直要吃到正月十五，所以叫过年馍。放在贡桌上的馍还要插上蒸馍花，五颜六色的蒸馍花插在白馍上，显示了人们对美的追求。还有一件事是炸馓子，每家都炸。有走乡串户的专门炸馓子的师傅，挨家挨户的为各家服务，一家炸完了接着给另一家炸。只要能管饭，再给点工钱就可以了。只见师傅把袖子挽得高高的，把搓好的面条放进装满油的大乌盆里，再一圈一圈地挽在胳臂上，把面条拉得又细又长，放进热油锅里反复地炸，炸到焦黄为止。家家户户都能闻到蒸馍的酵子的香味和炸馓子的油香气，让人馋涎欲滴。

阜阳人家过年的菜肴主要是蒸菜，因为蒸菜方便，易于保存，这是阜阳人多年形成的习惯。蒸菜一般有粉蒸肉、扒猪头、蒸腊肉、蒸咸鱼、狮子头等。另外，接待客人还少不了一样家常菜，就是把回锅肉、粉丝、馓子、炸丸子、豆芽、豆腐一起烩成的杂烩汤。吃饭时每人盛上一大碗，大家一手拿馍，一手端汤，热气扑面，既实惠，又可口。

到了除夕，家家户户都要打扫卫生，准备迎接新年的到来。贴春联、门神、窗花、年画，一样都不能少。阜阳是文化之乡，阜阳人历来看重书法，家家户户的对联大都是请读书人写的，大街小巷，各种书体的对联琳琅满目，把阜阳城变成了一个超大型的书法展览。年画都是年画作坊用木版印刷的，色彩艳丽，对比鲜明，具有浓郁的中国气派，一般堂屋里贴的是三星高照、八仙过海；新房里贴的是连年有余，和合二仙；闺房里贴的是四美图；孩子们的屋里贴的是老鼠迎亲、三英战吕布等等，不一而足。到了华灯初上的时候，各家都要关上大门，一家人围坐在一起吃年夜饭。这年夜饭中必不可少的是吃饺子。热腾腾的饺子端上来，餐桌上显得特别温馨、暖和。女主人还会在其中一个饺子里包进一个铜钱，如果谁吃到了，就表明他新年会发财。吃了年夜饭，大人小孩都换上新衣，祭拜祖先，然后让长辈端坐上面，晚辈给长辈拜年。拜年时头是一定要叩的，叫辞岁。长辈拿出准备好的压岁钱，用红纸包着赏给晚辈。一家人欢聚在一起，通宵达旦，叫守岁。娱乐方式有斗纸牌、推牌九、打麻将等。天刚亮，就要放开门炮，期盼着新的一年能过上好日子。传说谁家开门迎年越早，谁家就能走好运，所以家家都争着午夜一过就放炮。一般人家从祭祖开始放鞭炮，然后吃年夜饭、辞岁、送年，到开门、迎新，总共要放六挂鞭炮。因为家家都放，所以这一夜鞭炮声连绵不断，不绝于耳。有的人家门前还挂起彩灯，街上灯火通明，这是人们一年中最快乐的一个夜晚。

大年初一的早上，吃过早饭，大人就要带着孩子出去拜年，拜年的时候一般要提四盒点心，这点心都是在果子铺买的。点心装在厚纸包的果盒里，果盒是长方形的，用棉纸绳捆扎，上面还包上一块正方形的大红纸，红纸上印着洒金的福字。这种互相拜年的活动要持续到年初四，一般是初一、初二拜长辈，初三回娘家，这都是多年约定俗成的传统。

从除夕开始，街道和四里八乡的演艺社就轮番在街头表演社火。有舞龙、舞狮的，耍钢叉、玩花棍的，走旱船、跑黑驴的，踩高跷、抬肘阁的，热闹非常。演艺时每过一个店铺，商家就要燃放鞭炮，以示欢迎。老板还要送上红包，表示慰劳。演员们看到有红包，舞得更加起劲，甚至拿出了绝活，引来人们的掌声。人们扶老携幼，争相观看。一时锣鼓喧天，万头攒动。鞭炮声震耳欲聋，喝彩声此起彼伏，更增添了节日的喜庆。

发表于 2013 年 1 月 14 日《颍州晚报》

阜阳面食锅盔馍

阜阳人的主食是馍，而馍有很多种做法，锅盔馍是其中很有特色的一种。锅盔馍和烧饼一样，都是烤制而成的。但有其独特的制作方法，所以吃起来味道也大不相同。制作锅盔馍和面时要加进酵子，做成发面。发面里再放入少量面粉一起揉，这样做出来的锅盔馍吃的时候才有韧性，有嚼头。揉面的时候还要掺入碱、佐料粉，佐料以茴香为主。面一定要揉得筋道，这一步很关键。和好的面还要“醒”一“醒”，“醒”的时间靠经验把握。最后把“醒”好的面做成一块厚约 2 厘米、直径约半米的大圆饼，再把大圆饼放在生铁铸成的鏊子上烤。烤的时候一定要用文火，翻来覆去慢慢地烤，烤到两面焦黄为止。锅盔馍外焦内软，咬一口有特别的香味，十分可口，是一种很受老百姓欢迎的大众食品。

锅盔馍最早并不产于阜阳，据说是由回族兄弟从西北传来的。早年为了逃避饥荒或战乱，西北的回族兄弟辗转来到阜阳落脚，就带来了这种带有三晋地方风味的小吃。随着时间的推移，锅盔馍逐渐融入阜阳人的生活，得到阜阳百姓的认可，很快推广开来。吃锅盔馍还有一绝，如果佐以牛肉或羊肉汤，味道则更佳。因为阜阳人也是以面食为主，加上锅盔馍在阜阳落地生根后，在制作方法上又形成自己的特色，遂成为阜阳本土食品之一。所以锅盔馍从某种意义上说，是中华各民族饮食文化相互交融的范例之一。

以前在阜阳的老城里，东、西、南、北四关都有经营这种食品的炉子，是一种很家常的食品。可是进入现代社会以后，由于人们生活节奏的加快，经营锅盔馍的商家反而越来越少，几乎濒于绝迹。主要原因是制作有些麻烦，费工费时。特别是和面要有技巧，烤制还要有耐心。细火慢工，半天出不了一锅，食客就急了。现在偌大一个阜阳市，经营锅盔馍的仅剩下一家，就是位于胜利南路和民主东路交叉口路南的李姓这一家。店家每天只烤十个大饼，买时得排队，去晚了不一定买得到。一般上午十点左右就收摊了，所以想吃的还得去早呢。如果这一家也不做了，阜阳人很有可能再也享用不到这种食品了。

锅盔馍作为很有代表性的地方风味小吃，往往成为游子怀念家乡的药引，是在无法排遣的乡愁里怀念的对象。当年台湾开禁，允许老兵回大陆省亲的时候，一些原籍阜阳的台湾老兵，明知家乡人事全非，已经无一亲人了，还要不远万里，回到故乡，为的就是再尝一口儿时家乡的小吃。我曾目睹过几位回乡老兵，坐在当年颇有名气的大隅首牛肉汤馆里，用颤抖着的手拿着锅盔馍，端着牛肉汤，老泪纵横，泣不成声。嘴里还念叨着："几十年了，没想到这辈子还能吃上这个!"吃完了每人还在行囊里又装进几块，说是留着带回台湾享用。此情此景，凡在场者无不动容。

据说阜阳城老北关有位成功人士，最早一批下海，事业有成，收入颇丰。念及家乡单身的老父孤独，就把老人接到北京，住进高楼大厦，过起了老太爷的生活。可是没过多久，老人就执意要回阜阳，主要原因是生活不习惯。儿子十分纳闷：在北京生活安排得这样好，还有什么不如意的地方吗？老父告诉他："我不需要吃山珍海味，你只要让我回阜阳，早晨一碗淡麻糊就两根油条卷豆皮，中午一碗格拉条，晚上一块锅盔馍泡牛肉汤，我就心满意足了，你也就算对我尽到孝心了。"真是故土难舍，难舍这一口啊！

锅盔馍伴着浓浓的家乡风情，锅盔馍真的很让人留恋，锅盔馍有着太多太多的故事。可是，锅盔馍总不能在我们这一代失传呀？有谁能想出一招，用现代化的食品烘焙技术，比如电烤箱，来拯救阜阳这一名吃呢？

发表于 2014 年 3 月 11 日《颍州晚报》

关　爱

唐山大地震犹如晴天霹雳，举世震惊，唐山人民的苦难，牵动着全国人民的心。当时最紧迫的任务，就是如何救助幸存者，特别是伤病员。而唐山当时已经是一片废墟，根本无法为数以十几万计的伤病员提供医疗条件。一方有难，八方支援，有关部门迅速做出决定，将伤病员疏散到交通方便的地区，调动全国各地的力量，分散救治。阜阳当时也接受了这个任务，一批伤病员辗转来到了阜阳。

我的母亲是学雷锋积极分子，平时就喜欢帮助人，听到这个消息，立即找到有关部门，要求接受伤病员。领导考虑到我家离专署医院较近，家里居住及生活条件基本能满足疗养的需要，特别是母亲态度又是那样热情和执着，就同意分配给我家一位伤员。

母亲得知这个消息，高兴得像年轻人一样兴奋激动。她把房间打扫得干干净净，又准备一套洗干净的卧具，还上街割了二斤肉，准备迎接远道而来的客人。

在我家疗养的这位伤员李师傅，是唐山陶瓷厂工人。在地震中一只小腿被砸伤了，拄着双拐，但生活尚能自理。李师傅很健谈，性格很开朗，一口唐山话让人听着很舒服。由于大家都是以诚相待，所以非常融洽，很快就相处得像一家人一样，大有一见如故的感觉。

可是没过多久，母亲就发现李师傅内心隐忍着巨大的悲痛，表面上谈笑自如，可是唐山大地震这场浩劫的阴影，在他心里还没有抹去。李师傅在人背后常常独自啜泣，暗自悲伤，经过交谈，才知道李师傅一家在地震中全部遇难，只剩下他一个人。李师傅最放不下的是他的女儿，遇难时刚满 18 岁，是一个刚进厂的工人。李师傅只要一提到女儿，就泪流满面，说她怎样懂事，怎样招人喜爱。据李师傅说，女儿身材高挑，鸭蛋脸，皮肤白皙，眼睛又大又黑，是搪瓷厂家属院出名的漂亮姑娘，说媒的几乎踢破门槛……

母亲每劝他一次，就陪他落一次眼泪，为了使李师傅想得开，尽早摆脱悲痛，母亲把四邻的老奶奶都找来，陪李师傅谈心。父亲下了班也拿出象棋，和李师傅杀个几局，还沏上一壶热茶，和他谈天说地，为他排遣忧愁。母亲从他言谈中知道东北人喜欢吃粉皮、大白菜炖肉，还有酸菜，于是家里经常吃炖肉，不会做酸菜就请教李师傅。没想到在李师傅的指点下，母亲还居然学会了做酸菜。

一个多月短暂的疗养很快就结束了，李师傅按民政部门的安排离开了我家，踏上了返回唐山的行程。临别时自然是洒泪相送，就连平时很少掉泪的父亲，也偷偷地擦去眼角的泪水，李师傅更是热泪盈眶，语言哽塞，相互手握了又握，不忍离去。老百姓之间这种朴实的关爱之情，是任何语言也难以表达的。几十年过去了，阜阳人民和唐山人民的这段宝贵情缘至今深深地留在人们的记忆中，使人久久不能忘怀。

发表于 2012 年 7 月 7 日《阜阳日报》

母亲，我心中不灭的灯

母亲的忌日越来越临近了，而我对母亲的思念也愈加不能自持，也许写一点文字能够排遣在内心积蓄多日的情愫。因为，母亲为我留下的精神积淀实在是太凝重了。

母亲祖居阜阳城，出生在一个家道虽不殷实，但在农村有几亩薄地、城里有一爿小店的人家。母亲很少谈起她的家事，我想那可能是家庭给她的温暖太少的缘故吧。母亲很小的时候，她的生母就病故了。继母待她很不好，特别是有了弟弟之后，母亲在家里更加没有地位。在旧中国，重男轻女的传统是十分顽固的，母亲也不例外。但是，好在她很有志气，一心求学上进。在她姑姑的支持下，坚持读完小学，并以优异的成绩从国小毕业。本来，以她的成绩完全可以考入中学，但读中学需要一大笔学费，姑姑的财力有限，不能支持她完成中学学业。况且以那时的世俗，一个女孩识点字读完小学，也就很不错了，读中学简直就是一种奢望。母亲只好考入了师范，因为上师范不但可以免缴学费，生活上还有补贴。这样优厚的学习条件对像母亲这样的女孩子，真是太理想不过了。

依照母亲的勤奋和自强不息的精神，母亲完全可以顺利读完师范，去当一名小学教师，安安稳稳地度过她的一生。不幸的是，该死的日本鬼子打进了中国，民族的苦难降临到母亲那一代人的头上。是屈服，当亡国奴，还是抗争，做一个有责的匹夫，这是摆在每一个中华儿女面前的问题。母亲义无反顾地选择了后者。当时力主抗战的杨虎城将军麾下的一部驻防太和县，在阜阳县招募女兵。年仅16岁的母亲凭着一腔热血，要做新时代的花木兰，以身报国。她不顾家人的劝阻，毅然决然的投笔从戎，加入了西北军，成了一名飒爽英姿的女兵。母亲啊！这是儿子最佩服你的地方，也是儿子以你为骄傲之处，母亲啊！你太伟大了！

母亲因为在军中表现突出，能吃苦耐劳，没有旧式小姐那种娇滴滴的派头，朴实无华，像一个邻家小妹，而深得军中官兵的喜爱。她一方面做宣传，每行军到一处就在墙上书写动员民众抗日的标语，或印发宣传品；一方面教士兵学文化，因为那个年代，当兵的大都是文盲。后来，母亲因为工作积极上进而受到上司的器重，被推荐报考黄埔军校。母亲顺利通过考试，录取到黄埔军校七分校十五期二总队步科女生队，成为黄埔军校史上少有的一名女学员。在黄埔军校，母亲聆听过蒋介石、胡宗南等国民党大牌人物的演讲，毕业后，被授予少校军衔。不幸的是，这段经历竟给她的后半生带来厄运，成了她一生挥之不去的阴影。

作为一个女孩子，母亲在抗战期间随军转战在祖国的西北战场，其中的艰辛磨难可想而知，但是由于大家都知道的原因，母亲在解放后对此十分忌讳，绝口不提。相反，她更多表现出的是强烈的负罪感，因为她参加的毕竟是后来和人民解放军反目成仇的“国军”。所以，一直到去世前，她都认为这段历史不光彩。我们所知道的母亲这段历史，还是在她故去后，通过黄埔同学会等各种渠道了解到的。母亲啊，你太不幸，太可悲了！

以后的母亲命运多舛，历经坎坷。抗战胜利后，她曾有过一次失败的婚姻，生下了我和弟弟，然后孤身一人带着两个幼儿，回到了阜阳。在别人的惊诧的目光和白眼里，自食其力，教书度日。解放后，她继续服务于教育界，曾担任过阜阳县南城小学教导主任、阜城镇工会业余学校教务主任，靠着微薄的工资，含辛茹苦，把我们养大。如今弟弟已经是北京一家大型国企的总工程师，而我也位忝教授之列，这都归功于母亲的操劳呵护和对我们无微不至的关爱啊！

虽然母亲总是尽心尽力做好工作，她的生活里却少有欢乐。嫁给继父后，她又生了个弟弟，但是，她很少有幸福感。因为，一个接一个的政治运动，她都是被整的对象，只要有政治上的风吹草动，她都惊慌失措。她常常在梦中惊醒，然后独坐床头，以泪洗面。直到文化大革命，她受到的冲击更是达到了登峰造极的程度，她默默承受着常人难以忍受的所有对她身体和精神上的挞伐：被打成牛鬼蛇神，几度被抄家，戴高帽子游街，在学习班被反复批斗……当然，现在我们都能理解，这不是一个人的悲剧，而是那个时代的悲剧。但是，这悲剧需要多少像母亲这样的芸芸众生来承受啊！

长期精神上、身体上的伤害是一般人无法想象的，所以在继父突发脑溢血去世之后，母亲的精神终于崩溃，不久也随继父离开了我们，生命的长河里又熄灭了一颗孱弱的小星。母亲生前也曾被吸收为黄埔同学会员，虽然她没有等到抗日战争胜利六十周年时，国家颁发给所有参战人员的那枚纪念章，但母亲倘若有知，也会含笑九泉的。可以告慰的是，国家对那段历史，已经给予了公正的评价和充分的肯定。母亲啊！你是一位女英雄，你永远是儿子崇拜的对象，是我心中不灭的灯。

愿母亲在地下安息。

发表于 2011 年 8 月 4 日《颍州晚报》

忆 父 亲

父亲是一位普通的中学语文教师，教了一辈子的书。二十年前的一天，他上午还在上课，下午突发脑溢血，一个星期后就离开了我们。

父亲走得很突然，对我们一家是一个很大的打击，大家都接受不了这个现实，但是他确实离开了我们。20年来，父亲的音容笑貌，时时在我眼前浮起。好多次我们在梦中相见，但醒来才知是一场梦，泪水忍不住夺眶而出。

父亲出生在阜阳老城北关泉河码头的一个小商人的家庭，家里开着一间杂货店，主要经营烟酒调料干货之类。家境虽不殷实，倒也过得去，所以才能供养他读大学。父亲读的是国立安徽大学历史系，在解放前的阜阳也可以称得上凤毛麟角。因为知道家里支持他上大学不容易，所以学习特别刻苦，我曾见过他的成绩单，各门课都是优等。

父亲的大学生涯并不顺利，原因就是可恶的日本鬼子打进了中国。原在芜湖的安大被迫转移到立煌县金家寨，也就是现在的六安市金寨县，已经淹没在解放后修建的梅山水库里。父亲对这段颠沛流离的生活记忆很深，时常向我谈起如何坐船沿沙颍河顺流而下，到霍邱以后又如何骑着毛驴进山，怎么走过崎岖的山路，最后才到达学校。留给父亲印象最深的是山里春天蓝花的幽香、杜鹃花的火红、大群八哥的鸣唱和茶叶的醇美。我在大学毕业后也恰巧来到了金寨工作，站在梅山水库的大坝上放眼望去，碧波荡漾。我想水下就是父亲曾经读书的地方，觉得有一种莫名的感情，怎么我们家两代人都和金寨有缘？人生真是难以预料。不过正是因为如此，我对金寨确实情有独钟，把它当作自己的第二故乡。

父亲执教特别认真，一篇课文总是拿在手里翻来覆去的琢磨。一边在书上批注，一边做笔记，然后查找资料，最后才动手写教案。我经常在半夜醒来的时候，还看见父亲在灯下伏案批改作业。我见过父亲的教案，条分缕析，字迹工整，一丝不苟。自己大学毕业后也当了教师，严谨的教风恐怕也是得益于父亲的潜移默化和无声的教诲吧。

父亲有很多业余爱好，琴棋书画，无不涉猎。因为受过传统教育，在他身上留着很多文人的气息，尤其到了暮年，很像一位老夫子。父亲的闲暇时间内容安排得非常丰富，有时看着乐谱，拉起二胡，最拿手的是刘天华的《良宵》和阿炳的《二泉映月》。受他的影响，我从小就会拉二胡，可是工作以后，因为穷忙，却未能坚持下来。父亲还喜欢下棋，他订阅了几种象棋杂志，还买了不少本棋谱。他把下棋作为一种休憩的方式，常常看到他一手执着小茶壶，一手举着棋子，紧锁眉头，面对一盘棋，看着棋谱，自己下棋。经过苦思冥想，一盘棋局终于解开，于是释然于怀，自我陶醉其中。逢年过节，阜阳市工会或者体委举办的象棋比赛，父亲都是积极参加，偶尔也拿过名次，记得最好的成绩是第三名。父亲还因此亲手做了几个菜，和我们一齐举杯庆祝。

父亲还喜欢国画和书法，因此和阜阳城老一辈的书画家都有交往。记得老国画家赵静庵先生生前就是我家的座上客，父亲经常留他吃饭，一壶老酒，几碟小菜，每次都是一醉方休。所以赵先生的画作诸如《鹰》《八哥》《牡丹》等我家均有收藏。父亲的爱好直接影响了我们，弟弟因为素描成绩优秀而被录取在合肥工业大学建筑系，现在已经是国企的一名高级工程师，我也一直把书法和油画作为自己的业余爱好。

可能是因为出身于小商人家庭，出生在那个动乱的年代，父亲为人谨慎，做人做事相当低调，不喜欢张扬。学生时代对政治运动就不感兴趣。他最得意的一件事是虽然从旧社会走过来，但未参加过任何政治组织。所以每次经历政治运动、政治审查，他都得以顺利过关，只是帮人家写写证明材料而已。这可能是旧知识分子在旧社会明哲保身的一种无奈，直到改革开放以后，父亲才加入了民盟。父亲为人忠厚，喜欢交友，性格开朗豁达，淡泊名利，对人对事比较超脱，容易满足，与人无争，与世无争。父亲一生从来没有说过任何人一句坏话，即使在家里也是如此。如果遇到不顺心的事，也不发牢骚，只是坐在那里一言不发，时过境迁，也就释然于怀，从不计较。父亲每天都小酌两杯，在外喝酒很少喝醉，即便醉了，也只是蒙头大睡，从未失态。

父亲对我们兄弟并不作苛求，对于我们的过失，从未大骂过我们，甚至少有斥责，批评也只是点到为止，没有过头话。我们很少听到过他对我们说该怎么做，而是从他的行为上悟到了做人的真谛，所以我们兄弟学习相当勤奋，考试成绩一直都很好。工作也从不懈怠，大家都忠于职守。

父亲作为一名普通的教师，并没有什么大的作为，平平淡淡地走完了他的一生，但是，父亲却给我们留下了最可贵的老一辈知识分子的敬业精神和美德。我认为，正是因为有千千万万像父亲这样默默奉献的平民百姓，我们的社会才会如此美好。我们唯有继续发扬这种奉献精神，使我们的明天更加美好。

发表于 2012 年 6 月 16 日《阜阳日报》

思 乡 情

著名小提琴家马思聪有一首脍炙人口的《思乡曲》，哀怨委婉，如泣如诉，听者无不为之伤感。思乡，是每一个游子为之痛心疾首的情愫，是远离家乡的人难忍难熬的伤痛。17 岁的时候，我在南方求学，根据心理学家的说法，那时正值我的第二断奶期。作为从小在皖西北长大的我，对在南方生活很不习惯。我受到的第一个打击是水土不服，害得我上吐下泻，住了一个星期的医院。虽然有医生的关心；护士的照料，但是，躺在雪白的床单上，闻着满屋子的消毒液福尔马林的味道，却越发引起我思乡之情。夜晚，看着窗外满天的星斗，我突发奇想：如果能长出一对翅膀飞回我可爱的家乡——阜阳，该多好啊！

在南方，最大的不适就是吃的问题。北方的主食是大馍，一天三餐，离不开大馍。可是在大学食堂里，一天三餐是米饭，使我难以下咽。想起妈妈蒸的大馍，是用酵子蒸的，又甜又软，多好吃呀！所以，每次端起饭碗，眼泪就不由自主地掉进碗里。不是因为饿，根本就吃不了几口。排队打饭的时候，我只买一两饭，连食堂师傅都感到吃惊，一个大男人一顿怎么才吃一两饭？惹得周围的女孩都捂着嘴笑，搞得我挺难为情的。吃饭成了大问题，这怎么行？我试探着到学校周边的街市，找一找有没有卖大馍的，但是结果很使我失望。找了几天之后，终于在一个小巷口找到了一个卖烧饼的。我像见了久别重逢的亲人一样奔过去，一下子买了两个烧饼，摞在一块大口大口地吃起来，那副馋相连打烧饼的都感到可笑。交谈中，才知道他是蚌埠人。虽然蚌埠离阜阳还很远，但总归是淮北人啊！听到了乡音，吃到了烧饼，觉得那是最美的一天。

大学毕业后，按照当时的规定，我们必须到部队锻炼。我来到了大别山区的一个部队农场，当了一名生产兵。那时还没有电视，每天除了训练、干活之外，只有听听收音机，生活紧凑但十分单调。当兵晚上还要站岗，在漆黑的冬夜里，我披着军大衣，手里端着一支没有装子弹的步枪，站在荒岗上，四处瞭望。望着夜空中的北斗星，思乡之情油然而生：家乡现在怎么样？爸爸妈妈你们还好吗？泪水忍不住流在冰冷的脸上。为了服从组织的安排，为了前途，也只好把这种感情压抑在心底。在部队最大的不便就是不能随便外出，根据部队的纪律要求，每个星期天每个连队只能出去几个人。我们大概一个月才能外出一次，到十几里外的小镇买点日用品，顺便可以从镇上的邮电所给家里打个电话。所以外出的那个星期天，简直像过年一样，激动得一夜都睡不着觉，第二天天刚亮，我们就出发了。当然，凡是外出的，回来一定要带点花生、瓜子、小糖，以安慰那些不能出去的战友们。可是，短短一两分钟的电话又怎能了结思乡之情呢？心中最大的愿望就是能回去一趟就好了！后来，幸福终于降临到我的身边，领导同意我探亲一次，探亲假为一周。当我拿到通行证时，那真是欣喜若狂啊！我背着包，又蹦又跳地走在去汽车站的山路上，觉得天是那么的明朗，空气是那样的新鲜，山里的景色是那样的美，真是美不胜收啊！嘴里只是念叨着一句诗：“白日放歌须纵酒，青春作伴好还乡。”

部队锻炼结束后，我被分配到一所山村小学当教师，一年也没有回过家，思乡之情可想而知。放寒假了，我也忙着打理行李，带上为父母准备的茶叶、板栗等土特产，准备回家过年。可是没想到校长把我找去，一本正经地对我说，经领导班子研究，决定由校长和我寒假留下来护校。理由是我单身一人，当时未成家，而其他的老师都有妻小。听到这个残酷的决定，我跳了起来问：“那我不能回家过年了？”“是的！”校长用坚定的口吻粉碎了我的回家的美梦。我跑回宿舍，抱着茶叶和板栗，大哭了一场。第二天，只好把山货寄回阜阳，还附上一封凄凄切切的家书，说明不能回家的原因。大年三十的晚上，山里下了一场铺天盖地的大雪，厚度深达半米，不但不能回家，连外出也不可能了。远处传来稀稀疏疏的鞭炮声，已经是吃年夜饭的时候了。我和校长围坐在炭火盆边，一壶小酒，几碟小菜，我们相对无言，默默无语。只有端起酒杯，遥祝远方的亲人平安健康。映着红红的炭火，我发现校长的眼眶里也闪着泪花，我鼻子不禁一酸：同为思乡人，此情何以堪！

后来终于回到了故乡，成家立业后，安安稳稳工作了很多年，再也没有经历过思乡之苦。可是后来我又被应聘到外地学校工作，再一次品尝到了思乡的煎熬。我和妻儿两地分居，工作忙起来还无所谓，一旦安静下来，闲暇之余，思乡之情便涌上心头。学校围墙外，就是铁路，每天傍晚，坐在校园的亭子里，看着远处的火车呼啸而过，客车上的玻璃窗透着亮光，长龙一般向远处驶去，我的心便被带上了列车，向着遥远的家乡飞去。夜阑人静之时，每听到火车的鸣笛和隆隆而过的声响，觉得像轧在自己的脆弱的神经上，枕边便觉得湿润了。心想：与其自食苦果，不如归去也罢。但是第二天，仍然工作依旧。

思乡不是多愁善感，思乡更不是懦弱。有道是：红尘滚滚，痴痴情深，聚散终有时。思乡是心灵的慰藉，思乡是情感的宣泄。人非草木，孰能无情？唯有思乡，才知忠孝的深刻内涵；唯有思乡，才有不断前进的动力；唯有思乡，才能悟出人生的哲理。“月有阴晴圆缺，人有悲欢离合，此事古难全。但愿人长久，千里共婵娟。”当你读过苏东坡先生的词作《水调歌头》之后，你才会懂得思乡之情的分量有多么深沉了。

发表于 2012 年 10 月 18 日《阜阳城市周报》

阜阳鸟市

养鸟在我国具有悠久的历史，和茶文化、酒文化一样，鸟文化也是中华文化的重要内容之一，内涵十分丰富。旧社会，养鸟是有钱人家的专利。那时，遗老遗少、纨绔子弟，常常提着鸟笼，无所事事，四处溜达。所以玩鸟往往和“玩物丧志”、“生活颓废”联系在一起。文化大革命时，又被斥为“资产阶级生活方式”，越来越远离人民的生活。今天，广大人民群众的生活水平提高了，玩鸟也走进寻常百姓家，成了现代阜阳市民的一种休闲娱乐的生活方式，如今在阜阳，爱鸟养鸟的人越来越多。

改革开放初期，阜阳的鸟市在现今的千百意附近，老体委的大门口。那时这里有一条林荫小路，路两旁是垂杨柳，还有一条小水沟，清澈见底，倒也是一个宜人的去处。当时的鸟市十分简陋，几家卖鸟人搭了简易棚在这里卖鸟，既不大起眼，又不成气候。

几经辗转后，现在阜阳的鸟市位于清颍路小东门拱形桥的东头，紧靠东城河绿化带。这里虽然赶不上合肥裕丰花市的规模，更无法与南京夫子庙的鸟市相比，但也已形成气候。走近鸟市，但闻各色鸟鸣，不绝于耳，有的婉转悠扬，有的清脆悦耳。进入鸟市后，只见鸟笼林立，热闹非常，这里只有五六家鸟铺，但经销的品种不少，像鸣禽类就有鹩哥、八哥、雪雁、百灵、画眉、百舌子、鹌鹑、沙和尚、山道士等；观赏类有各色鹦鹉、各色燕子、相思鸟、珍珠鸟、黄鹂、金翅、黄雀、金丝鸟、腊嘴、绣眼、满天星、十姐妹等，不一而足。这里并不经营鸽子，因为养鸽人有自己的交流场所，那就是信鸽协会。鸟市不仅经营各种鸟，还兼营鸟笼和鸟食。鸟笼有大众化的，价格便宜，也有制作讲究的，价格就高了。有的鸟笼相当精细，用料考究，做工精巧，用浮雕、镂空雕等雕法，在鸟笼上刻出各色花纹，玲珑剔透，简直就是一件艺术品。还有鸟的食罐，大都用瓷器烧制，高档的瓷罐造型别致，绘画传神，着色生动，使人爱玩不忍释手。有道是好马配好鞍，所以玩鸟人对鸟笼、鸟食罐的要求和配套也很讲究，当然，属于高档的价格就自然不菲了。总之，各种需求的人，在这里都能得到满足。

每逢节假日、周末或工余之后，鸟友们纷纷赶到鸟市来，大家在一起欣赏、品评好鸟，互相交流养鸟经验，畅叙养鸟心得，笑谈养鸟趣事，十分开心。一些退休的老人家更是把鸟市当成了自己的家，他们一手提着鸟笼，一手捧着茶杯，坐在鸟铺门前，或听鸟语，或叙家常，借以消磨时光。早晨，鸟店的门一开，他们就来到这里“打坐”，直到晚上鸟店老板把挂在店外的鸟笼一一收回，要关门了，老人们才依依不舍地离去。店老板并不嫌弃他们，相反把他们看成是来“捧场”的，有了他们，鸟市增添了不少人气，所以客气的时候，老板还会为他们的茶杯续点开水。在这里，人与人，人与鸟的关系都显得那么随和，那么亲近。

养鸟自有养鸟乐，养鸟人能够从养鸟中获得很多乐趣。养熟的鸟能通人性，和主人亲近，和主人交流。主人为它们添水喂食的时候，它们表现得十分欢乐，主人可以抚摸一下它们，它们也不躲避。有的八哥见了主人就喊“爸爸”、“妈妈”，真是主人的“开心果”，主人听了心里不知有多么舒畅。有的鸟早晨从笼里放出，可以飞到主人的案头、肩上，和主人亲热，晚上不需赶，自己会飞到笼子里睡觉。善于学人讲话是鹩哥的一大专长，一般教上十天、半个月，鹩哥就会讲礼貌用语：“你好”、“请坐”、“再见”，客人来了会说“恭喜发财”等吉利话。有个鹩哥见人就自我介绍，说：“我是小鹩”，让人忍俊不禁。还有一对鹩哥能够对话，一个问：“几点了?”另一个回答：“八点。”可惜的是不论什么时候都说是“八点”，让人听了不禁开怀大笑。如果你家里养了这样的鸟，上了一天班的你回到家中，你一定能从鸟语中得到欢娱，从而放松自己，解除疲劳。如果你有兴趣养一对鹦鹉或者燕子，再在笼里放上鸟巢，不久母鸟就能生蛋，孵出幼鸟。当你看到幼雏破壳而出的时候，你会为一个新生命的诞生而感到激动，同时也为自己的操持有了成果而自豪。

阜阳还有一个鸟友自发形成的周末鸟市，在清颍公园的南大门附近。每逢星期天的上午，鸟友们就聚集到这里来，或买进，或卖出，互通有无。鸟市上人来人往，摩肩接踵，十分热闹。因为是交换性质，所以这里的鸟以及养鸟用品都比较便宜，这也是吸引鸟友的原因之一。由于买卖双方都是鸟友，价格也就好谈，很容易成交。很多人能够从这里淘到需要的品种，获得意想不到的收获。所以，只要不是刮风下雨，鸟友们必定来这里溜一趟，使自己周末的生活更加丰富。

阜阳鸟市上出售的鸟除了鹩哥来自海南，鹦鹉来自山东以外，大都是本土家养的自产鸟。鸟市的背后有一批分散小型的家庭鸟类养殖户，由他们向鸟市提供货源，这也算得上小小的产业链吧，如果加以引导开发，前途或许不可限量，因为阜阳周边的县、市，也经常有人专程来阜阳鸟市批发鸟类和养鸟用品。鸟市的经营者和鸟友虽然爱鸟，但生态环保意识相当强，假如有人带了像啄木鸟、戴胜、猫头鹰一类的国家自然保护动物来鸟市兜售，一定会有人告诫他们不要做违法的事，这些鸟也就得以重回大自然了。

养鸟是城市人亲近大自然的一种生活方式，养鸟可以陶冶性情，从中获得审美需求。当今社会提倡弘扬人文精神，要珍爱生命，从而推及热爱一切生灵，养鸟爱鸟正是体现了这种生活理念。阜阳市正在飞速发展时期，城市人口越来越多，相比之下，阜阳的鸟市确实显得小了些，这和阜阳市的发展和阜阳市深厚的文化底蕴是极不相称的，据说有关部门已经把建设花鸟鱼虫市场列入城市规划了，这对于广大鸟友来说当然是一个佳音。我们热切盼望一个有相当规模的花鸟鱼虫市场能早日建成，这将能形成浓厚的城市文化氛围，彰显我市政通人和的景象，提升我市的城市品位和形象，也使阜阳市民能多一个休闲度假的好去处。

发表于 2011 年 1 月 6 日《颍州晚报》

山外山：精致的山水盆景

阜阳有家名叫“山外山”的山水盆景店，坐落在文昌阁花木市场里，是一个不大起眼的小店，只有一间门面，别看店小，在阜阳及周边县市都远近闻名。首先是店名富有诗意，阜阳本没有山，“山外山”很容易引起人们对山的追求和对山的美好的遐想。店主说取名“山外山”还有一层含义，那就是山外有山，天外有天，艺无止境，这当然寓意更深。其次是经营范围独特，小店在阜阳独家经营山水盆景的制作和销售，偌大个阜阳城，仅此一家。所以小店虽小，却引得不少喜爱盆景艺术的文化人和普通市民前来欣赏、购买。小店也就门庭若市，令店主应接不暇。

店主胡忠诚，淮南人，为我省小有名气的盆景设计师。他自小喜爱绘画，尤其酷爱国画山水。年轻时一边师从名家学习山水画，一边遍游名川大山，为山水盆景的设计创作积累了厚重的功底。一次去苏州游历，对当地特有的微型山水盆景产生了浓厚的兴趣。于是每天到苏州的花木市场学习观摩，白天认真观察，晚上仔细揣摩，凭着记忆勾勒图样。对于山水盆景的选料，他反复辨识，技艺方面，不懂就问，虚心向当地的盆景工艺师求教。有一位长者被他的好学精神所感动，就把他带回自己的家中，让他实地目睹盆景制作的全过程。在老师家中的盆景坊里，老胡大开眼界，尤其是在制作盆景时应该如何做到山势的对比勾连、起伏跌宕，大小山脉之间的呼应照应，以及山上植物、亭台楼阁的摆放，小桥流水的装置等，他都仔细查看，熟记在心。回到淮南，老胡就自己尝试着制作，开始并不顺利，一是对石料材质的认知；二是对打造工艺的把握，都经历了一个曲曲折折的过程。有时好端端的一块石料，因为用力不当，而折为粉碎；有时经过半天堆砌的山形左看右看都不尽人意……经过几年的反复试验，老胡终于掌握了这门技艺。他的山水盆景，既保留了苏派盆景灵秀的风味，又加入了自己粗犷的特色，别具一格，因而其作品越来越受到人们的欢迎。老胡就在淮南投资，开设了一家名为“徽府山庄园林园艺”的专营店，生意越做越大。产品还批发到北京、南京等地热销，一时名噪淮南，淮南电视台“名家进城”栏目于 2000 年对他进行了专题报道，老胡的名气更大了。

一次偶然的机会，老胡来到阜阳，他发现阜阳地处平原，人们对山特别感到亲切，而阜阳当时也没有一家经营山水盆景的商家，他瞅准了这个商机，认定在阜阳发展比在淮南更有潜力，于是他在文昌阁花木市场租了一间门面，“山外山”山水盆景店就此开张了。

由于阜阳市有关部门对文化产业的重视和对小经营者政策上的宽松，加上阜阳人对山水盆景的确是情有独钟，“山外山”的经营状况一直不错，当然，经营者也得到了一定的回报。现在，老胡一直都在忙个不停，最近又带来了一个徒弟做帮手。除了传统的节日之外，他很少回淮南。如今他在阜阳已经经营了三年，俨然成了半个阜阳人。

据老胡介绍，制作山水盆景很不容易，既是脑力劳动，又是体力劳动；既要有艺术修养，又要有好的体力。在创作山水盆景前，首先要对石材反复研究，根据材质的坚硬或酥松程度决定如何操刀；再根据其原有的形状考虑如何依其形、顺其势而改造出最为恰当的形体。有的小块石材还需要堆砌成形，这些都需要在创作前有一个腹稿，如同画画一般，有成竹在胸方可画竹，实际上，这也是一个审美和创作冲动交织的复杂心理过程。老胡在打造、堆砌山石的过程中，还借用了国画山水技法中的“披麻皴”、“斧剁皴”等不同皴法，使盆景作品如同一幅灵动和具有活力的山水画卷。在创作过程中，还需要很好的体力，老胡用的凿石的工具大都是粗重的钢制工具，再加上一把锤子。谈到自己的创作，老胡笑着说：“每天就是敲敲打打，一天下来人累得像散了架一样，胳膊都举不起来。”特别是在冬天，一手操持冷冰冰的工具，一手攥着冰凉的石块，确实非常辛苦。山水盆景初步成形后，老胡还要对其进行细部的再创作，如在山顶上置一小塔，在山间栽上不同的草木，山腰间放个小亭，两山之间搭个小桥，水中还摆上小舟，舟上有垂钓的老翁……使盆景更加富有诗意。虽然，这些零部件都是从广州订制的成品，但其形态各异、大小不一，需要制作山水盆景的人因地制异，独具匠心的配置，才能起到画龙点睛的效果。

老胡的山水盆景，小的可以放在手中把玩，使方寸之间也能表现出山川之秀美。大的可以放在书桌或小几上，供人品赏，使人犹如进入山清水秀的画面，感受到“江流天地外，山色有无中”的意境。最大的盆景竟高达两米，是专门为美化庭院制作的。据老胡介绍，这些年人民生活水平提高了，无论是城市还是农村，都有不少拥有私家庭院的人前来要求定制大型山水盆景的。这些盆景构造更为复杂，难度也更大，老胡还为盆景装上电动水泵，制造出人工喷泉和人造瀑布的效果，在假山下的小池中还养有金鱼，更使人感到生意盎然，充满活力。一传十，十传百，使得远在河南潢川、新蔡、固始等地的客户都开着专车慕名而来，请老胡跟车过去实地因景设计与制作。老胡还有一个绝活，就是把山水移到墙上，形成壁挂式山水画，他采用不同树木的树皮，利用其天然纹理制作成岩石形状，粘贴在画面上，形成立体的山水画，别有一番情致。

老胡制作盆景的石材，都取自安徽本土，大都为淮南盛产的千层石、水吸石、龟纹石，以及皖南的钟乳石、锰矿石、虎皮石等。由于原料普通寻常，所以盆景的价格不高，完全能适应工薪阶层的消费水平，所以，每逢节假日，前来观赏购置的石友络绎不绝。另外，“山外山”还兼营树桩盆景，有鹊梅、女真、榔榆、五针松、梅桩等，大大小小，形态不一，琳琅满目，以适应不同层次顾客的需求。现在阜阳市人民生活质量提高了，自然促成了对精神生活的追求，人民的文化品位也越来越高，文化已经溶入人民的幸福生活中。“山外山”山水盆景的兴旺，是阜阳人民幸福生活指数不断上升的生动写照，也为阜阳市创建精神文明城市增添了新的色彩。

发表于2012年6月7日《阜阳日报》

阜阳有个艺考村

阜阳市有个“艺考村”，坐落在阜阳师范学院老校区北门西部。东起师院北门路，西到老阜南路亦即现在的香格里拉东区；南起师院附中北围墙，北到临泉路。在这不足一平方千米的居民楼群里，聚集着大大小小几十个各种名目的艺术类培训机构，如美术、音乐、舞蹈、播音、表演、主持等等培训中心，还有为各类专业培训配套的中学和文化课补习学校，其中最有名的当数汇文中学，另外，还有少量的计算机培训班。因为所有的专业、文化培训机构的开办目的都是通过培训让学生通过艺术类高考，而所有来参加学习的学生也都是为了一个目的——录取到艺术类院校或高校艺术类专业，所以这一块本来很不起眼的民居，成了阜阳市远近闻名的艺考群聚村落，姑且称之为艺考村。

高考招生制度改革以后，伴随着社会经济的发展和人民对于物质生活和精神生活的需求的提高，特别是群众对子女受教育程度提升的期盼，以及高等教育从精英化向平民化的转型，高等教育的迅速发展和大学的不断扩招，加上不断推出的歌星影星的“明星效应”，这些因素连锁反应的结果是催生了一大批艺术类院校和艺术专业的勃兴。很多想上大学而文化课成绩不达标的学生转而趋向文化课成绩要求较低的艺术类专业，使艺术类成了热门专业。据统计，全国各高考大省每年都有数以万计的考生拥向艺术专业，而且有逐年递增的趋势。艺术专业的升温直接促成了艺术专业培训班的热络。有需求就有买卖，有市场就有经营，艺术专业培训这块市场也就在悄无声息中迅速滋生蔓延。从事培训的人员大都是一些高校或中学的音乐、美术教师，开始也并没有大张旗鼓地搞，有的甚至还是属于被动性的，是被推向这个市场的。起初是亲朋好友、同学熟人的孩子到老师家中要求补习，老师也没有提培训费的要求，家长只不过送点烟酒、请请客而已。因为太辛苦，又占有业余休息时间，有的家长送点红包，老师也就半推半就地收了。后来人数多了，教师住房紧张，家里容纳不了，就开始在当时可以单独招收艺术专业的师范学院附近租民房，集体辅导。这时有些心眼活络的人看准了这个商机，正式打出培训班名号，推出培训机构招牌，培训班这才从地下浮出水面，而且越搞越多。“既然别人能搞我又不比别人专业差，我怎么就不能搞?”很多人怀着这样的想法加入艺考培训市场，于是队伍越来越大，并且出现了一批以专门从事艺术培训为职业的艺术类高校毕业生加入其中，这就开始有了竞争，而且愈演愈烈。有名号大战：你冠名以“学院”，我就挂“中国美院”。有价格大战：你搞低价，我有优惠。有质量大战：你改造条件，我优化生活环境。有师资大战：你请名师，我请大师。经过几轮竞争，多次洗牌，优胜劣汰。既有淘汰出局的，也有新店开张的。现在的艺考村从表面上看相对平静，竞争各方各自保留自己的优势，突出自己的特色，形成了大大小小几十家机构处于暂时相对平衡，共同平分天下的局面。

艺考村办学单位的激增促使了当地经济的持续发酵，首先得益的是当地的老百姓，他们纷纷把自家的菜地、农家小院和平房翻盖成楼房。从20世纪80年代开始，便不断翻盖，一时间大兴土木。由于土地资源的宝贵，又没有专门的规划，于是这里便形成了街巷出奇的狭窄、楼房出奇的高、招生广告出奇的多的特有景象。偷着乐的是这里的原住民，他们到附近的商品楼买房，然后把自家的自建楼租给办学单位，并且逐年提高租金，坐收渔利，其中不乏因收房租而发家致富者。艺考村的发展还带动了当地服务业，特别是餐饮业的发展。这么多的艺考生总得吃饭、消费，于是各式各样的餐馆见缝插针地穿插在艺考村里，这里哪怕是有一席之地，也可以摆上个小吃摊。因为学生的消费水平不高，只求吃饱就好，所以饭店、排档都是档次较低的。但也有特例，比如阜阳这几年新出现的小吃“眉毛鱼圆”，就是从这里发迹，然后逐步推向市场的。除了餐饮之外，为适应学生需要的其他服务行业在这里应有尽有，如艺术专业需要的美术用品、乐器，以及诊所、服装店、小超市、美发、洗浴……甚至还有成人用品，不一而足。据粗略估计，在艺考村直接为学生服务的就业人员约在千人左右。每当夜晚，只见艺考村霓虹灯闪耀，灯火阑珊处人头攒动，少男少女们来去匆匆，不失为一派繁华景象。

说来也怪，一些高考落榜的考生经过艺考村的专业培训，或者叫强化训练，还真的见了成效。很多来自农村的五音不齐或对美术根本不感兴趣的孩子经过老师的调教，再加上老师面授机宜的应试技巧，如攥着小样考素描等等招数，这些学生中的大部分还居然都考上了艺术类院校，优秀的还进入了像中央音乐学院、中央美术学院这样的国家最高艺术教育殿堂。艺考村一时声名鹊起，所以来艺考村的学生源源不断。艺考村的生源总是人丁兴旺，包括阜阳市周边的县、市，如亳州、宿州、淮南、淮北的学生，都趋之若鹜，舍近求远，来此深造。

艺考村的异军突起是当今考试经济的产物，随着考生数量的不断增加，艺考村的学费也在不断攀升。现在刚入门的一般费用较低，每期大约在两千元。钢琴和声乐个别辅导的课时费就高了，每节为一百至二百元，一学期下来也就不是个小数目了。而高三考前冲刺班学费就更高了，一般是七到八千元，有的专业甚至还开出了九千多元的价码，已经紧逼万元了。按这样的发展趋势，学费突破一万元指日可待，办学者的利润由此可想而知。既然猪肉都涨价了，学费当然也要涨。为了孩子的前途，老爸老妈们也只有咬咬牙，一张一张地朝外数票子了。当下艺考村的专业教师中，拥有多处房产再加上名车，已经不是神马浮云了。

发表于 2011 年 10 月 25 日《阜阳日报》

品赏根雕好去处

随着物质生活水平的不断提高，阜阳市民的文化生活的档次也在不断提升，文化欣赏的品位也越来越不一般，很多人在有房有车以后，转向投资艺术品市场。除了原来就比较火爆的玉器、古玩、字画以外，木雕、根雕这些原本只能在陈列馆、大酒店和专门收藏家的展室里才能见得到的艺术品也进入了寻常百姓家。为了适应大众的这种新的需求，根雕爱好者马亚峰看准了这个商机，在一人巷专业大市场开起了阜阳市第一家专营木雕、根雕、根包石的“奎星根雕艺馆”。如今，这里已经成为爱好者和收藏家经常光顾的好去处。

走进店堂，只见大小木雕、根雕作品济济一堂。粗略看去，有百件之多。大小不一，形态各异，琳琅满目。空气里散发出一股特有的木质的幽香，令人心旷神怡。

木雕作品大都取材于材质细腻、坚硬、密实的木材，采取圆雕、浮雕和镂空雕的技法和散点透视的构图结构，保留其天然木质色泽和纹理雕琢而成。根雕则是选取生长年久的老树根，待其干枯之后依其自然加工而成的。根包石是大自然中的一种奇特现象，树根在生长发育过程中把石块也包了进去，形成木石共生，致使最终石块也成了树根的一部分，这就是根包石。当然这需要一个漫长的过程，一般至少在百年以上。艺术家利用这一现象，根据木石之间的关系，加以巧妙的取舍，最终使其成为一件精美的艺术品。

木雕、根雕和根包石艺术的题材相当广泛，主要分传统和现代两种。传统题材主要有神话传说人物、历史人物，如菩萨、观音、如来、弥勒；福禄寿三仙、八仙过海；达摩、关公、李白等；还有龙、凤、十二生肖的造型。现代题材有仕女、雄鹰、喜鹊、奔马、梅花等。根雕作品除了可以用作案头、书房、客厅及博物架的摆设外，还有实用型根雕作品，如用巨大的树根做成的古朴、厚重的茶艺台、座墩，以及做工精巧的花架、茶几等工艺家具。

鉴赏木雕、根雕艺术有三大标准：一看材质。木雕和根雕的取材大都是原产于亚热带，如越南、缅甸等东南亚国家原始森林的名贵树种，如红木、楠木、红花梨、黄花梨、檀木、鸡翅木、樟木、陈香、阴沉木等；也有产于我国云南、贵州、广西诸省的龙眼、黄杨、山茶、榧木、杜鹃、酸枣、桃木等。材质最好的当属金丝楠木和海南黄花梨，近年来由于藏家看好，有巨资注入热炒，价格高得已经令人咋舌。

除了材质，其次要看取材。也就是工艺设计师的眼力，看其如何巧妙利用材质。因为木材是天然而成，需要依其形、顺其势，巧妙利用其天然形态和纹理，进行再加工。有的树根本身就酷似某一造型，稍加修饰，就能达到恰似天然生就的艺术效果，所谓“七分天成，三分人工”就是这个道理。再如根包石，则需要工艺师有一定的眼力，利用木与石的结构，加以艺术处理，才能制作出木石刚柔并济，相得益彰而富有神韵的作品，从而赋予无声的木和石以生命力。

最后要看雕工，也就是雕刻师的技法。木雕和根雕作品大都是出自云南瑞丽、广西桂林、福建莆田、浙江东阳等地，其中以浙江东阳最负盛名。这一带的木雕师很多都是几代传人，在技法上近年又有了新的发展。一件好的作品首先取舍要得当，善于扬长避短，即便是遇到疤、结等树木原本生就的瑕疵，也能化腐朽为神奇，起到点石成金的效果，这在行内叫“巧雕”。当精细之处，就要精雕细刻；当粗犷之处，就要大刀阔斧。具象的讲究比例、逼真，抽象的讲究夸张、变形。刀法还应婉转流畅，如行云流水。只有符合这些要求，才能视为上品。

据店主介绍，木雕在我国具有悠久的历史，考古发掘出土的商代墓葬品，其中就有木雕人形。木雕和根雕艺术发展到今天，已经日渐精湛，和玉雕、石雕、砖雕、竹雕、漆雕、骨雕在一起，在雕刻艺术中独树一帜，成为我国工艺美术中的一枝奇葩，并且具有很高的升值潜力。奎星根雕艺馆内展品丰富，小到可以放在手中把玩的手把件，长仅盈寸，然而造型栩栩如生，称之为微雕。大到高达两米有余，胸径一米多的大型观音造像，摆放在酒店的接待大厅尤为合适。价格从几百元到几万元不等，能适合不同群体的需要。你如果也是木雕和根雕爱好者，不妨去奎星根雕艺馆走一走，看一看，那里确实是品赏木雕、根雕艺术的好去处。

发表于 2013 年 2 月 7 日《阜阳日报》

走进阜城动漫

自从电影应世以后，动画片便风靡了全球。改革开放后，美国动画大片《猫和老鼠》、日本动画片《机器猫》《樱桃小丸子》相继登陆我国，从此便一发不可收拾。进入21世纪后，随着科技事业的飞速发展，动漫从电影走进了制作更加快捷的电视，而又由电视进入成本更加低廉的碟片，接下来便是便携式的游戏机和游戏卡。地球进入网络化以后，动漫又大举入侵网络。用户只要轻点鼠标，就能进入动漫世界。与此同时，另一个更加吸引人的相关产品出现了，那就是电玩游戏。电玩为玩家打开了一个万花筒，各种题材的电玩游戏充斥网络，光怪陆离，五花八门，令人目不暇接。如今，动漫及电玩游戏已经发展成为一个新兴的文化产业，并且由于拥有亿万粉丝，而越来越显示出无限的张力。

近两年，我市浙江商贸城出现了一家以经营动漫游戏相关商品为主的“AA国际动漫连锁”，这是我市第一家也是迄今少有的一家动漫商店，由于受到玩家的钟爱，经营一直看好，为我市文化产品增添了一支新军。

店堂不大，但商品陈列有序，直观醒目。进门的橱窗陈列的是真人大小的模特，身着《死神》女主角全套服饰。内穿比基尼内衣，外着加长风衣。货架里摆设着《死神》中的刀、面具，《最终幻想》的剑，《魔兽》的弓，《黑岩射手》的服饰，《海贼王》的伞，还有《天使禁猎》《三国无双》中的人物造型模型等，凡此等等，不一而足。看着这些玩意儿，使人觉得犹如进入了魔幻世界。

据店主人介绍，他的国际动漫连锁店主要经营三类产品：

一是为动漫人物定制的“角色扮演”服饰，即玩家为扮演动漫人物而需要的各种服饰、饰品、道具。它起源于日本，20 世纪 90 年代由香港传入大陆，专业人士称之为“COS”。“COS”的出现为玩家企图进入动漫世界从而展示自己，提供了一个可以圆梦的机会，通过扮演角色形象而释放自己的梦想，张扬自己的个性，还可以为自己留下永远的青春岁月的回忆。成熟的玩家还成立组合，参加各地举办的动漫游戏角色比赛或各种展演。目前这在文化发达地区已经成为一项公共文化活动，我市也有少量发烧友组团参加这些活动。

二是动漫周边衍生产品。是由动漫作品中的人物为主题的各种人物造型的摆件、挂件、吊件等模型，以及毛线玩具。专业人士称之为“手办”，这个词是从日本直接翻译过来的，因为日本是开发此类产品最早的国家。这些“手办”大小不一，形态各异，比如憨态可掬的机器猫，傻傻可爱的蜡笔小新，乖巧可人的樱桃小丸子，威风凛凛的圣斗士，千奇百怪的变形金刚等。另外还有动漫海报，以及以动漫为主题的文具、扑克、卡贴、手机贴、鞋帽等。

三是动漫个性制作，专业人士称为“DIY”。就是由商店提供专业设备，玩家可以根据自己的需要自己动手在 T 恤、抱枕、水壶、手包、鼠标等生活物品上印制自己喜欢的动漫人物或自我装扮的动漫人物形象，也可以随心所欲，印制经过艺术处理的个人漫画造型。因为是玩家自己定制，所以极富个性化。商店还特别推出一个展区，为玩家提供交流互动的平台，由玩家展示自己精心绘制的最喜爱的动漫人物形象。这些画作相当精美，有的几乎可以到达专业水平，说明玩家水平相当成熟，这个展台为玩家发挥创意能力拓展了新的天地。

商店经营的品种数以千计，价格从几角到几百元不等。但质量相当可靠，不少商品是直接从日本进口的。因为玩家除了部分成年人外，大部分以中学生为主，所以价格上一般消费者都能承受得起。动漫商品把新奇、时尚、实用的设计元素融入产品之中，已经成为当今时代时尚前沿的消费项目。今天，当史瑞克、菲奥娜公主和穿靴子的猫、狮子亚历克斯、斑马海蒂和熊猫阿宝已经是我们耳熟能详的角色；当水果忍者、深海狩猎、愤怒的小鸟等等已经成为多数人消遣娱乐的方式的时候，虽然动漫产品在我市刚刚风生水起，初见端倪，但随着信息产品的发展和文化消费层次的不断提高，它必将成为我市大众消费的不可或缺的内容之一。

发表于2012年9月13日《阜阳日报》

下　辑

日暮乡关探亲路

20 世纪 50 年代初，已经建立起来的人民政权已经稳定了大局。社会逐渐趋于安定，兵荒马乱的年月终于结束了，人民生活也逐步走向正轨。一天，远在河南新蔡县的大伯忽然来到我家，说是要接我回家省亲。因为长期患病卧床不起的奶奶在弥留之际，很想在离世前见一见我这个未曾谋面的孙子。大伯只有一个女儿，我是长孙，奶奶有这个愿望，是可以理解的。为了满足奶奶的这个心愿，还在读小学的我就请了假，和大伯一起踏上了去新蔡的路程。

阜阳和新蔡虽然相距不是很远，但总是隔着安徽和河南两个省，中间还有个临泉县，地处偏僻，交通不便。所以能完成这个行程，在当时也不是件容易的事情。

记得大伯和几位去临泉的旅伴合租了一辆骡马大车，大车从阜阳城西的一家车马大店上了路，向着临泉方向驶去。同行的有穿长袍大褂、戴礼帽的生意人，也有穿制服的政府工作人员。虽然车上坐了五六个人，但是拉车的三匹骡子却显得很轻松，蹄子踩在土路上沉闷的响声和脖子上挂着的铜铃清脆的声音交织在一起，显得十分热闹，像是在合奏着一首欢快的还乡谣。赶车的大汉很健谈，说的都是解放以后的新鲜事，逗得大家笑声不断，使旅途变得十分轻松。春末夏初的田野，天气晴好，风光宜人。蓝天白云，太阳晒在身上暖洋洋的。初夏的风吹在脸上，像一只软和和的手在抚摸着你。从大人的议论中得知，今年的小麦长势很好，将是一个丰收年景。绿油油的麦田随风卷起阵阵麦浪，间或远处有几片油菜花，还没有开败，在麦海里就像黄色的小岛，特别醒目。车把式每讲完一个故事，便炸起一个响鞭，有时会惹得路边麦田里扑簌簌地飞起一对斑鸠。它们在天上打几个转，又飞回到麦田里。我想：那里可能是他们的窝，说不定窝里面还有几只小斑鸠呢。

虽然这是一条通往临泉的“官道”，但是实际上并没有多宽。如果对面有车交会时，车轱辘就要轧到路边的草埂上。路边的菜园里，农民正在车水浇地。草棚下的木水车上，两个大小伙子正在使劲地踩着水车，他们把裤管挽到膝盖上，高兴地唱着“梆子戏”。水车发出粗壮的响声，像是独自在哼着一首古老的歌谣。从水车流出的清水汩汩地流进路边的小渠里，在太阳的照射下发出耀眼的光芒。农民们分得了土地，干起活来显得格外有劲。

经过一天的车马劳顿，我们终于到达了临泉，住在城南的一个小旅店里。晚饭吃的是馓子、豆芽、粉丝在一起烩的汤，主食是杂面锅巴，我吃得很香。晚饭过后，听老板说城里有“灯会”，我就闹着要去看热闹。大伯拗不过我，就带我去了，记得那时的临泉县城很小，只有两条大街、一个十字路口，路边都是草房。我们站在路边，只听得锣鼓喧天，游行表演的队伍远远走过来，有扭秧歌的、打连枷的、玩旱船的、踩高跷的……原来是县政府在宣传颁布不久的《婚姻法》。给我留下印象最深的是抬“肘阁”表演中凌空站立的小演员，他们扮着戏剧人物，十分英武，让我羡慕得要死。

第二天天还没亮，我就被叫醒，睡眼惺忪地上了路。我被安置在一辆独轮车的荆条筐里，一边坐的是我，一边放的是行李和一位同行的商人进的货，好像是土纸。商人和大伯跟在车后步行。推车的是一位壮汉，穿着一件打了补丁的小白褂，头上戴的草帽已经十分破旧，黝黑的脸和胳膊上鼓起的肌肉显得强悍有力。壮汉用鹅毛从车上挂着的小油壶里沾点不知什么油，滴进车轴里，再把车把上的粗绳辫子套在颈上，端起车把，笑着对我说：“小先生，坐好了!”车子就吱吱地叫着开始了行程，目的地是迎仙集。

去迎仙集的路更窄了，小道上深深浅浅地留着独轮车轧过的车痕。这是雨后土路刚干时车轮留下的，车夫只能找着这些车痕走，使车保持平衡。大人们边走边叙，以减少路上的单调和乏味。大家都说共产党领导得好，让老百姓过上安稳日子。农民分到了土地，日子越来越好，弟兄多的人家还准备要盖房……小道一直向南延伸，迎面的太阳照在脸上，像挠痒痒一样，非常舒服。在独轮车的晃悠和车轮的吱扭声中，我依然进入了梦乡。

当我醒来的时候，我们来到了离豫皖交界处不远的一个不知名的小集，这已经是薄暮冥冥、月亮东升的时候了。我们住进了集上唯一的一家小饭店，小饭店白天卖饭，晚上把大桌子并起来，再铺上被子，就可以住宿。我们吃了一顿芝麻叶下的豆面条，就着一盘臭豆腐乳、一盘腌辣椒，觉得特别好吃。晚上小店里聚集了一些人，原来有说大鼓书的艺人表演，说的是《杨家将》。表演者是一位老盲人，一手敲鼓，一手击打檀木板，说得满头大汗。但是说到精彩处，比如“杨六郎把银枪一挑，番将登时………”他就不往下说了，这时一位收钱的徒弟上来一躬鞠到底，说：“请各位赏点板凳钱。”然后把讨钱的小铜锣伸到听众面前，大家纷纷向盘里投几百元旧币。钱收完了，老人擦了擦汗，清了清嗓子，继续往下说。什么时候散场的，我已经不知道了，因为听着听着，我还是抵不住睡意，睡着了。不知什么时候，我又被说话声惊醒。只听饭店老板问大伯：“要不要给你找个焐脚的?”大伯连忙正声拒绝，说：“我们是本分人，再说咱也没钱。”老板只好作罢。我偷偷问大伯：“什么是焐脚的?”大伯厉声斥责我：“小孩子别问大人的事!”我赶快钻进被窝里睡了。长大了我才知道，“焐脚的”就是现在的“小姐”。当时可能因为刚解放不久，这里地处边远，少数暗娼还没有肃清的缘故。

早晨醒来，大伯告诉我，今天晚上就可以回家了。我想能见到奶奶了，心里特别高兴，虽然没有见过奶奶，但是奶奶疼我，还让大伯给我捎来零钱和好吃的，所以我还是很想奶奶的。再往前走就是两省交界处，没有好走的大路了。因为来往的客人并不多，连独轮车也雇不到了。大伯只好雇了一位农民，挑了一副大筐。我坐在筐里，另外一头放行李，为了保持平衡，还放了几块土坯。

从不知名的小集到新蔡县城这一段走得最慢，路也最难走，基本上都是田埂或者是河边的小堤坝，曲曲弯弯。有路的地方也很窄，只容一人走过，两边全是麦田。走到一个叫张阁的地方，有民兵在盘查行人。因为再往前走就是河南省了。我从来没经历过这个场面，非常害怕，大伯说：“不怕！他们查的是坏人。”大伯拿出路条，他们又问了几句，就放行了。

后来我才知道，当时镇反运动虽然已近尾声，但为了追缉防范逃亡的反动分子，政府就在边境地区设卡检查，以维护人民政权的稳定。中午时分，我们走到了一个小过路店，店主是一位老汉，卖茶水、烟叶、花生糖、瓜子之类。我们在小店就着开水，吃下带来的干粮：杂面馍和萝卜干。大伯给我买了几块花生糖，我吃得津津有味。挑担的农民告诉大伯，他只能送我们到这里，因为这里已经是河南省了，他还得在天黑前赶回家。大伯付了脚力钱，他就匆匆离去了。大伯告诉我，还有二十多里路，你自己走行吗？这时我突然觉得自己长大了，连声回答："行!"大伯摸着我的头，夸我是个懂事的乖孩子。

大伯给了茶钱，刚要上路的时候，老汉从兜里掏出一小团黑乎乎的东西来，问大伯要不要。大伯连忙摆手说："不要不要!"老汉说："带点回去，肚子疼、咳嗽都能治。"大伯说，"咱不需要，再说咱身上也没多带钱。"老汉不说话了。大伯低声问："咋还有这东西?"老汉说："咱这里人老几辈都种这，不信你看。"顺着他指的方向，只见麦田中间的低洼处有一小片开着红红白白的花。大伯连忙和他道别，拉起我就走。因为大伯说过，小孩不能问大人的事，我就没敢问那黑乎乎的东西是什么。后来才知道，老汉手里拿的是大烟，麦田中的花就是正在生长的罂粟。原来这里的农民有种大烟的习惯，又处于两省交界，过去是天高皇帝远，也无人过问。直到解放后，才被逐步禁绝。

我和大伯匆匆走在小路上，无论是身边飞过的蝴蝶还是田间惊起的野兔都已经引不起我的兴趣。我只有一个信念，赶快走到奶奶家。看着太阳慢慢地落下，远处村子里升起袅袅炊烟，麦田里腾起了薄薄的烟雾；听着隐约传来的鸡鸣狗叫的声音，我的幼小的心灵里对家的概念逐步地清晰和明朗起来，也更加感到家的温暖。大伯拉紧我的手，加快了行进的步伐。大伯问我累不累？我虽然觉得很累，但还是摇了摇头。大伯鼓励我：真是个好孩子。借着皎洁的月光望去，远处依稀可辨的新蔡县城的灯光越来越密、越来越清晰。向着灯光，我们越走越快。

发表于 2012 年 5 月 9 日《颍州晚报》

树影摇曳夜行路

20世纪60年代的一天，我有急事必须从太和赶回阜阳，可是那时公路客运班车很少，下午只有一班，而且早就走了。仗着年轻力壮，我一狠心，就借了一辆破自行车，决心骑回阜阳。晚饭时，我特意多吃了一碗面条，这样既可以增加体力，又耐得住饥渴。当时正是盛夏，白天十分炎热，日落以后，暑气渐渐消退，正好可以赶路。

阜太路上，太阳晒了一整天，仍然有些蒸人，有的路段沥青已经晒化，还有些沾车轮。车子虽然旧，但是因为我归心似箭，所以也没感到误事，速度照样很快，只觉得公路两边高大的白杨树齐刷刷地向后退去。天色暗了下来，路上的行人也渐渐稀少了。只有树上知了的叫声、路边水沟里青蛙的合唱和身边呼呼的风声伴随着我，一路向南行去。

突然，前面的路上出现几处手电筒的亮光，有人在向我喊："停下检查!"我下车一看，原来是几个造反派，他们个个手拿红色的木棍，臂上戴着红袖章，凶神恶煞般地对着我吼："干啥的？这么晚了上哪去?"，我灵机一动，急忙赔着笑说："在城里干活回来晚了，我家就在二道河南边。”因为如果说是去阜阳，可能会招来更多的麻烦，费更多的口舌。一个造反派上前看了看我的车，我心里想：这个破车子想必你们是不会要的。我又连忙掏出身上的一包大铁桥香烟，分给他们，殷勤地说：“各位革命领导辛苦了，抽一支吧!”他们接了烟，其中一个像是小头目，眼一瞪问我：“什么成分?”“贫农!”我回答，因为如果照实回答，我就有可能走不掉了。他又要我背一段最高指示，我连忙立正站好，正声背道：“我们都是来自五湖四海，为了一个共同的革命目标……”我还要往下背，他不耐烦地打断我说：“行了！走吧!”我赶紧飞身上车，疾驶而去。

走过一段路我还惊魂未定，一怕说不清楚被他们扣起来耽误我的事；二是庆幸自己预料在先：骑好的自行车招眼，路上可能会带来麻烦。正当我为自己获得自由而暗自得意的时候，没想到一波未平、一波又起，一场交通事故发生了。

原来因为我的视力本来就不好，又是走夜路，加上注意力不集中，一下子撞上了前面的一排大板车。我从车上翻了下来，跌了个鼻青眼肿，最要命的是胳臂和膝盖都蹭破了皮，出了血。当时社会上运力紧张，公路上的汽车少，路政管理也松，板车运输就成了一支生力军。搞运输的常常把十几辆空板车连在一起，而且还把最前面的一辆用毛驴作牵引，后面的都不用拉了，人坐在车上，一辆接着一辆，就像一列小火车，这是淮北农民的一大发明。胆更大的人还把风帆的原理用在板车上，遇到顺风时，每个板车上都用破旧被单竖起了一张帆，利用风力助行，远处看像一艘行驶在公路上的船队。本来这个车队的最后一辆的车尾上都挂着一盏马灯，以提醒后方注意。可惜我没看到，才造成了这场追尾事故，当然事故应由我负全责，只能自认倒霉了。

当我扶起车子站起来的时候，发现前轮的车条已经断了几根，骑是不可能的了，只有推着车，一瘸一瘸地往前走。车上的人看我可怜，就告诉我，前面不远的路边有个卫生室，我只好推车踽踽前行了。走了大约两三里路，果然看见路边有一个画着红十字的卫生室，窗子还有灯光，我连忙推开虚掩的门进去，只见屋里站着很多人。年青的女赤脚医生告诉我，要不是他们抬来这个急诊的，早就关门了，真是不幸中的大幸。好心的医生给我清创、包扎，又给了我几片磺胺消炎药，我问她诊费多少钱？她说："救死扶伤，发扬革命的人道主义精神，你给一角钱吧。"我千恩万谢地和她告了别，临走时，她告诉我，只有到了闻集才有修车的，看来我只有推着车走了。

折腾到闻集的时候，月亮已经偏西，走到集南头，果然看到一个修车铺，路边的简易棚上高高挑着一只破轮胎。我赶忙敲门，门里传来苍老的声音："谁呀？深更半夜的。""修车的。"我回答，"我还要赶路，请您辛苦一下吧。"屋里灯亮了，只听他一边自言自语，一边悉悉索索地穿衣下床，开了门说："进来吧。"我把车推进去，告诉他，车条断了几根。老汉利索地把车一翻，稳稳当当地放在地上，三下五除二，就把车条换好了，还为我校正了车把。我说："大爷，耽误你休息了！"他一摆手，"没啥，为人民服务嘛！"我问修车费，他爽快地说："毛主席说要斗私批修，你给一角钱就行了。"我向老人道了谢，继续我的行程。

夏天的下半夜，凉风习习，骑在车上比推着车走轻松多了，我的骑速不禁又加快起来。路上再也没有遇到人或车，偶尔有只黄鼠狼或野兔穿路而过，把我吓了一跳。为了消除孤独感，也为自己壮胆，我清了清嗓子，唱起了时下最流行的革命样板戏："穿林海，跨雪原，气冲霄汉……"唱着唱着，身上的伤好像也不那么痛了。

唱了一会，就唱不下去了，因为我那时实在没有杨子荣的那种英雄气概，觉得又累又困、又渴又饿，哪有打虎上山的那种劲头呢？所以唱不出来了。前面黑黢黢的出现一大片村落，估计已经到了宁老庄。哈！奇迹出现了，居然在庄跟前的路边，有一盏灯火。走近一看，啊！太好了！原来是一个推自行车卖凉粉的，旁边还有两个拉板车的食客。怎么半夜三更还有卖凉粉的呢？后来才知道，白天卖有管理人员查，晚上没人管，而且可以方便路上行人，特别是拉板车的，他们特别喜欢吃这种物美价廉的食品。今天因为行人少，所以卖到半夜还在卖。我赶紧要了一碗，大口大口地吃起来，还没扒拉几下，就都咽到肚子里去了，我咂了咂嘴，又要了第二碗。细品了一下，才觉得凉粉不是很新鲜，这可能是天气太热的缘故。可是能填饱肚子就很不错了，也就顾不得那么多了。付了一角钱饭资，我又上路了。现在因为肚里有货，觉得神定气平，心里不慌了，骑车也就更有劲了，因为还有三分之一的路程要走呢。

到了白庙，我实在骑不动了，感到小腿特别重，大腿特别痛。又遇到个上坡，我就索性找了块路边的里程碑，坐了下来。刚喘过气来，借着月光，在摇曳的树影中，我突然发现对面跑过来一个人，还背着麻袋。大概因为我坐在那里，他又是慌慌张张的，就没有看见我。我想，他这个时候鬼鬼祟祟地背个麻袋，肯定有问题。我就趁他不备，一下子站起来朝他大喝一声："干什么的？"那人一下子坐倒在地上，说了声："哎哟俺的娘，吓死俺了！"我问："你到底是干什么的？麻袋里装的是什么？"他支支吾吾了半天，才说："是鸡。"原来是个偷鸡贼。那人定了定神，一看只有我一个人，知道不是联防队的，就赶快跪地哀求："行行好，放了俺吧！俺老婆害肝炎，快要死了，家里挣不到工分，实在没办法，偷几只鸡赶早到城里菜市上卖几个钱，给俺老婆治病。”我听他这样一说，又看他可怜兮兮的样子，怎么也恨不起来。当时农民生活确实很苦，家里如果有病人那就更困难了，偷鸡也许是生活所迫，就对他说：“偷盗犯罪呀！你不想想后果吗?”我还想继续开导他，谁知那人趁我不注意，背起麻袋就跑，很快消失在夜色里。我只好作罢，推起车子继续赶我的路。

东方渐渐发白了，远处村庄里的公鸡已经叫了，我拖着疲惫的身子，一歪一扭地用力蹬着车子，迎着熹微的晨光，向着阜阳城骑去。一夜的行程，使我悟出了一个经验：原来走夜路也不失为深度了解社会的一个途径啊！

发表于 2013 年 3 月 7 日《阜阳城市周报》

又逢桂子飘香时

一夜秋雨过后，清晨刚打开窗户，一股浓郁的桂花香气便扑面而来。原来，窗前的桂树枝上已经挂满了一串串金黄色的小花。一丛丛，一片片，层层叠叠。那宝石般的花蕾沾着雨珠，晶莹剔透，散发出沁人心脾的芬芳。在墨绿的叶片衬托下，显得格外娇美动人。

每逢桂子飘香时，我就不禁缅怀起在大别山腹地金寨县度过的岁月；回忆起大别山里我曾经工作过的那所小学，思念起我的那些淳朴善良可爱的学生们。

四十年前，刚从大学毕业的我，响应党的“到农村去，到边疆去，到祖国最需要的地方去”的号召，满怀革命豪情，自愿报名，来到了当时还是穷乡僻壤的大别山区金寨县的一所小学，开始了我的教师生涯。

小学环境很艰苦，原来是一所年久失修的破庙。因为来得仓促，学校还未来得及为我安排住房。我就在教室的一角，用几条长凳围起一堆稻草，打起了地铺。晚上，睡在柔软还带着清甜香的新稻草里，月光从破窗照在脸上，感觉特别富有诗意，一会儿便入了梦乡。第二天早上起来散步，想熟悉一下周围的环境，突然觉得空气中弥漫着浓浓的香气，原来学校附近的山前山后，生长着很多桂树，那香气就是桂花的香味。山里的早晨，雾气还没有消散，远处的山峦重山叠嶂，透过薄雾看去，酷似一幅水墨山水画。这如诗如画的美景和那随着微风阵阵吹来的桂花的清香，从此便深深地留在了我的脑海里。

条件虽然艰苦，但山里淳朴的民风和山民尊师好客的民俗都使我感到十分温暖。因为学校没有食堂，公社就安排我们几个教师吃“派饭”，就是轮流到家境较好的或者是基层干部家里吃饭。那时山里依然贫困，说是家境较好其实也好不到哪里去，但是尽管条件再差，他们都尽其所能，招待老师。有的人家把留着过年才吃的一点腊肉切下来炒蒜苗；有的把准备用来到供销社换油盐的鸡蛋炒韭菜；有的到田里用竹笼抓黄鳝，总而言之，家家对我们敬如上宾，使我感到受之有愧。吃饭时，我尽量少吃菜，学生家长就一个劲地把菜往我碗里夹，我又把菜夹给身边那些端着饭碗瞪大眼睛看我们吃菜的孩子，我实在不忍心接受他们的款待。但是，我知道，他们是真心实意待我的。

我没有床，几个学生央求生产队长，要了几根毛竹，请来了会做篾活的家长，三下五除二，为我打造了一张竹凉床。没有家具，学生用自家的木料为我做了木箱。看我带的书多，学生还凭着自己的想象，为我做了一个小书架，就这样，小学便成了我的家。每逢桂花飘香的时候，学生都会带来一束束桂枝，于是我的案头便有了桂子相伴，金桂添香。

当时的学制小学是五年，因为我的学历最高，当然就负责五年级。山区教育资源贫乏，有五年级的小学还要“戴帽”。所谓“戴帽”，就是学生小学毕业后就地接着读初中。上级之所以把我分配到这所小学，就是让我来教“戴帽”初中的。在这里，我借鉴当地教师的教学经验，进行“复式教学”。因为班里学生数量不多，一个班可以同时上小学五年级和初一两个年级的课。如果给一个年级学生上课，就给另一个年级的学生布置作业。除了上课，我还教孩子们唱歌、拉二胡、吹口琴、画画，这是过去学校没有的。大家最喜欢唱的是流传在这里的红军歌谣《八月桂花遍地开》，因为学生中不少父辈参加过红军。在桂花飘香的山村，每当唱起这首以桂花起兴的歌谣，我便觉得自己的灵魂被净化，深为自己能在先烈血染的土地上完成他们未竟的事业而感到自豪。我还组织学生搞了一个小型的文艺宣传队，排演了不少节目，像革命现代戏《红灯记》《沙家浜》的清唱和片段，轮流到各大队演出。虽然水平不高，但很受欢迎。每有演出，十里八乡的山民都赶来观看，最受欢迎的是《沙家浜》“智斗”的一段。记得演刁德一的那位同学后来考取了警校，毕业后在省公安厅供职。

因为年青，所以我在学校中很受学生欢迎，俨然是个孩子王，我走到哪里学生就跟到哪里。假日里，我们一起爬山，站在山顶，我指着东方，告诉他们：远处就是六安，再远就是合肥，再远再远就是南京、上海……我和学生们一起憧憬着外面的世界。我又指着北方，深情地说：“过了淮河就是老师的家——阜阳。”对于一个在平原长大的青年，我多么思念故乡那广袤的大平原啊！我想母亲此时可能正站在家门口遥望着南方……学生们拉着正在凝思中的我喊着：“老师你怎么流泪了?”我使劲擦掉泪水，告诉他们：“是山风吹的。”

年轻人喜欢突发奇想，我用积蓄从县城买回一辆“凤凰”牌的自行车。这在当时的山村是个稀罕物，它成了我和学生们休闲玩乐的工具。放学以后，我就骑着车子和同学们在山间小路上嬉戏。我的车子大梁上坐着一个小同学，后面的衣包架上又坐了一个，车子后面跟着一群孩子。我们追逐着、笑着、唱着，因为山路崎岖，弯道又多，没想到乐极生悲，车子一下子撞到路边的石头上，我和车上的学生跌了个大跟斗，滚到路边的杜鹃花丛里。后面的孩子们看到我们的狼狈相，乐不可支，个个笑出了眼泪，笑弯了腰。

一年很快过去了，又逢桂子飘香时，一天早晨，我刚打开房门，便闻到一股浓烈的桂花香味。只见两个小姑娘捧着一瓶糖桂花站在我的面前，怯生生地对我说："老师，爷爷说糖桂花冲茶喝是下火的，可以保护嗓子。你每天给我们上课，要把身体搞好。"我问："哪来的糖桂花呀?"学生说："桂花是自家树上摘的，糖是供销社买的。"我知道，这买糖的钱对他们来说也是不容易的，说不定是用家里的老母鸡生的蛋换来的，我一下子把她们揽在怀里，大滴的眼泪夺眶而出，此刻，我觉得自己是世界上最幸福的人!

后来，随着工作的调动，我离开了大山，离开了金寨，回到了久违的故乡。但是，山里那所小学一直是我心中魂牵梦绕、难以割舍的地方。我永远忘不了我的那些学生，永远依恋着他们桂花一样清纯可爱的童心。此刻，桂花又开了，桂花随风飘洒，满地是金。我的思绪也随着这飘飘洒洒的桂花，向上升腾，飘向南方，飘向那令我神往的远山。

发表于2012年10月26日《皖西日报》

高考阅卷琐忆

改革招生制度以后，我曾多次参加高考阅卷工作，有一年还曾担任省高考阅卷语文学科指导组成员。多年的阅卷工作，给我留下了深刻的印象，而印象最为深刻的，还是1980年的那次阅卷。

1980年的夏天，我们冒着酷暑炎热，从阜阳乘火车去芜湖，到安徽师范大学参加全省高考语文阅卷工作。那时交通很不方便，乘火车去芜湖要先经青阜线北上到青龙山，再南下经京沪线到蚌埠，再转淮南线经合肥到达长江北岸的裕溪口，然后乘轮渡过江。这趟车是大小站都停的慢车，折腾了整整一天，到芜湖时整个人已经是灰头土脑，一身臭汗。

安师大教学主楼成了一个大工厂，来自全省各地的一麻袋、一麻袋的试卷运到领卷室，逐本编号上架，再把这些已经装订好的试卷本送到各个阅卷组。进入阅卷教室，只见老师们密密麻麻坐满座位，一个个面前堆满了试卷本。阅卷采用的是车间式流水作业法，分项目批阅。作文则是两人一组，先各自按标准给分。为防止错判，老师要先判定考生的作文等级，然后再在这个等级范围内根据具体的几个项目要求范围分项给分，最后各项相加即为作文总分。个人评定后，两位老师交换试卷互审，取得一致意见后最终确定分数。如两人意见有分歧或两人均拿捏不准，可交阅卷组处理。这种阅卷方法沿袭了文革前高考阅卷的做法，并吸收了当时港澳地区高中会考的作文阅卷方法，所以在当时还是比较科学合理的，实践证明误差也是很小的。如有错批现象，还有各级审查、复审单位层层把关，尽量做到使误差接近为零。

当年的夏天气温很高，加上当时条件有限，所以阅卷老师工作十分辛苦，在教室里个个大汗淋淋。为了缩短阅卷时间，工作量也很饱满。每天阅卷结束时，大家都已筋疲力尽。尽管又苦又累，但是老师们精力旺盛，具有高度的敬业精神，都以能为国家选拔人才而感到光荣和自豪。教育主管部门对阅卷工作也是十分重视，记得在动员大会上，一位领导曾动情地对大家说："各位老师，你们手里拿的不是笔，而是一把刀啊！"所以大家也深感自己工作的重要，十分谨慎小心，认真给分。不仅对国家负责，也对每一个考生负责。

1980 年是改革招生制度后的第四年，改革开放方兴未艾。"四人帮"对教育事业的摧残尚未恢复，对青年学生的毒害尚未肃清，考生的语文水平普遍不高。作文命题者考虑到这个背景，题目出得很容易，是要考生根据题目所给的文章写一篇读后感，而且作文题目已经定好，叫"《画蛋》有感"。所给的文章大意是说意大利文艺复兴时期的画家达·芬奇从小学画，老师让他每天画蛋，他不理解。老师告诉他，一切伟大的作品都是从画蛋开始的。达·芬奇按老师的话去做，终于成为一代巨匠。阅卷前我们估计考生的作文不会太差，因为题目本身具有暗示性，基础好的考生一下子就能看出文章的立意是做什么事都要先打好基础，只要能围绕着这个立意写文章，就符合命题要求。

不幸的是当时的考生受“四人帮”假、大、空文风的影响太深，写出了很多令人啼笑皆非的文章。比如某考生文章开头的第一句劈头就说：“伟大的无产阶级革命导师达·芬奇同志的《画蛋》为我们指明了前进的航程，……”颇有文革时期某些报刊的“社论”的味道。还有一个考生突发奇想，写道：“总而言之，我们要立足一个蛋（1980），争取两个蛋（100分），为实现三个蛋（2000年）的宏伟目标而努力奋斗！”显然是不明白题意，而苦思冥想企图从蛋里寻找政治上的微言大义，这明显的是受了文革时期流行的“一切从政治出发”的思维模式的影响。某考生为了强调蛋的“革命意义”，竟然断言：“我们的经济基础就是在千千万万个蛋上建立起来的，所以我们要多产蛋，多吃蛋，这样才能为社会主义建设事业多作贡献。”某考生的文章结尾写得很有气势，他写道：“达·芬奇同志的画蛋为我们指明了方向，我们要努力画蛋，永远画蛋，一直画到共产主义！”

恐怕连命题者也根本想象不到考生会写出如此的奇文，看到这样的文章，我们在摇摇头苦笑之后，深深的痛在心里，为青年学生受“四人帮”毒害如此之深而深恶痛绝。老师们并没有嘲笑考生，而纷纷表示：这样的考卷给我们今后的语文教学一个很重要的启示，那就是在文风问题上一定要正本清源，找回青少年原有的童心和纯真，回归自然，这是语文教育的当务之急啊！

由于天气炎热，工作量又重，虽然各方面都很重视，把阅卷老师安排在芜湖市当时最好的酒店鸠江饭店住宿，但大家仍然休息不好。很多老教师带病坚持工作，令人十分敬佩。有一天半夜里，正当大家熟睡之时，据说当时的芜湖地区突然发生了一次小规模的地震。有人在睡梦中大喊一声："地震了!"大家纷纷从梦中惊醒，没来得及穿衣服就都往楼下跑，男男女女都站在院子里，过了一会儿看没事了，再互相看看，一个一个面面相觑，原来大家穿得都极少，女同志尤其感到不好意思。于是又都匆匆跑回房间，第二天早上照样上班阅卷。可是没想到，这段插曲竟酿成了一场悲剧，和我们同住六楼的一位来自滁州某高校的老师竟然因受到刺激而突发心肌梗死，早晨才发现他已经停止了呼吸。后来我们看到他年青的妻子来为他料理后事时，心里真是悲痛万分。为了国家的教育事业，我们的老师竟付出了宝贵的生命。我们唯有继承他的遗志，继续努力工作，才能安慰他的在天之灵吧。

往事如烟，尽管已经是三十年过去了，如今的高考阅卷已经采取了全新的工作流程和高科技的手段，已经是今非昔比了。但当年高考阅卷的这一幕幕场景，至今仍历历在目。我想：只有经过一代又一代的教育人如此不懈的努力，我们的教育事业才能永远百花盛开，硕果累累。

发表于2012年6月9日《颍州晚报》

护送病员忐忑路

20世纪80年代的一天，单位领导突然找我谈话，交给我一项意想不到的特殊任务：把在南京市精神病院治疗的一位单位职工接回阜阳。领导交办任务时特别对我强调：因为你办事能力强，头脑灵活，反应快，所以才交给你办。听了领导的这番话，我还能说什么呢？只有硬着头皮答应下来。同去的还有一位单位总机房的话务员，因为他和病人是同乡，便于沟通。另外他曾在部队当过卫生员，有护理方面的基础。看来领导考虑还是很周到的，临行前再三嘱咐：一定要把病人安全接回来！我只好怀着忐忑不安的心情和同事一起上了路。

我们要接回的这名患者是个年轻人，在单位工作时间不长，从部队退伍回来后安排在我们单位。开始他表现还不错，虽然不是很突出，但也没什么失误，人也很本分。可是后来单位里发生了一件蹊跷事，很多女同志在外面晾晒的内衣莫名其妙地丢失了。开始人们还不大在意，后来接二连三地丢失，引起了保卫部门的注意。经过保卫科和派出所干警的蹲守，终于把偷盗的人抓了个现行，就是这位年轻人，还从他宿舍里搜出一箱子女内衣。因为当时心理学不大普及，人们也没有从心理健康这方面追究这个问题，于是就以盗窃和流氓罪把他送进了劳改农场。谁能想到是因为他的精神出了问题呢？只是替他惋惜：人这么年轻，还没有成家，怎么就落得个这步田地！接下来就更加令人匪夷所思了，他在农场可能是因为受到了刺激，病情更加严重，居然和农场里的水牛上演了一场“斗牛”的真人秀，结果当然是他吃了大亏。他被惹火了的水牛用利角挑起，重重地跌在地上，刚想爬起来，又被暴躁的牛往腰上猛顶了一下，使他受了重伤，不得不送往医院。在医院里，医生才发现他已经患上了精神病，于是转到精神病院治疗，但是并没有好转，只好又把他送到当时国内医疗条件较好，医疗水平也较高的南京市精神病院治疗。可是，怎么现在院方又通知单位把人领回呢？

到了医院才知道，改革开放后，前不久美国有一个精神病专家组成的代表团来华进行专业交流，而南京的这家医院的前身是美国传教士办的教会医院，所以受到美国专家的青睐。在交流中，院方把我们单位的这位患者作为典型病例请美国专家会诊，结果发现，造成他精神失常的根源是在他的脑干上有一个肿瘤。而按照当时的医疗水平，进行这样的手术尚无条件。既然病因查到，就无须再住院了，院方建议我们把他带回去，按方服药，保守治疗。

我们来到病房和他见面的时候，几乎认不出他来了，原来身材颀长的他现在变成了一个肥头大耳的胖子，见了我们只是眯着眼睛傻笑。据护士介绍，他现在没有什么烦恼，饭量很大，吃了睡，睡了吃，加上药物的副作用，所以才变成这个模样，我们只有摇头叹息而已。在帮他整理物品，准备出院的时候，发现他的包里装的都是些在医院里拾的破床单，上面还沾着污物和血迹。话务员要把这些垃圾扔了，我说算了吧，别因为这事搞得不愉快，一切都要顺着他，才能使他和我们配合，完成这次平安护送的任务。

为了安全，我们在医院吃的早餐，他吃了两笼包子，十根油条，让我们看得目瞪口呆。吃完了还要吃，话务员说再吃就把你撑死了！我说就依他吧，结果可能是真的吃不下了，没提再要的事了。我们又帮他服了药，按医生要求，给他服了大剂量镇静剂，以免路上出事。

上了火车，我偷偷告诉话务员，千万不要让其他乘客知道他是精神病，否则会有麻烦，话务员点了点头。好在上车不久，镇静剂发挥了作用，在列车车轮滑过铁轨的单调声响中，病人很快进入了梦乡。看着他睡得美滋滋的样子，我心里暗暗祈祷，千万不要出什么意外啊！可能这两天太累了，话务员也冲起了瞌睡，而我的精神却格外亢奋，重任在肩啊！看着车窗外掠过的村庄、丘陵，我心里想，如果火车能像飞机那样快，该有多好啊！

可是好景不长，火车从刚刚停靠的滁州站出发启动时，可能是提速太快，哐当一声，两个同伴都醒过来了。病人要上厕所，我俩赶紧一前一后把他送进去，再堵住门，还把门留个缝，等他好不容易解完了，又把他送回座位上。他坐在那里无所事事，显得很无聊的样子，我就赶快启发话务员，和他拉拉家常，借以消磨时间。可是女列车员推着售货的小车，一会过来，一会过去，老在我们面前晃荡。病人一看小车上丰富的食品，顿时眼睛直了，指着要买。售货员一听要买，立即送上。要什么拿什么，小桌子上已经堆了一堆，她还在殷勤地介绍。我赶紧付了钱，让列车员离开，列车员很不情愿地走了。她可能还在心里责怪我太抠门了，可是我哪能跟她解释呢？如果她知道这是个精神病人，说不定还要把我们撵下车呢！

火车总算到了蚌埠，我们赶忙奔向汽车站，转乘下午的班车回阜阳，好在正好赶上，没误点。我心里暗暗高兴，心想老天保佑，这趟差还算顺利。上了车后更让我忍不住要笑，因为车上除了司机只有我们三个乘客。我高兴得自言自语：天助我也！为了安全，我们坐在了最后一排。司机问："你们不怕颠吗？"我连忙回答："不怕！"可是车刚要出站，突然又停下来了，原来又上来三位乘客，这三位可是非同小可，两个解放军，带着一个戴手铐的。后来才知道，是押解犯人到阜阳省立一监服刑的。

两个小战士一上车就警惕地四处张望，发现我们坐在最后一排，就用命令的口气对我们说："我们是解案的，请你们坐到前面来！"我一听就没好气，心想：两个小兵蛋子有什么了不起？我就冷冷地回答："还是你们坐前面吧！最好离我们远点，我们带的是个精神病人，他原来也是个当兵的。他如果夺你们的枪，我们可不负责！"听我这样一说，他俩商议了一下，大概觉得还是我说的有道理，只好赔笑说："好吧，那我们坐前面。"我看他们口气软了，也笑着说："没办法，谁叫咱们都是公务在身呢？"这句话说到当兵的心里去了，回答："是的！是的！"后来一叙才知道，我们还是战友，因为我也在独立二师当过兵。独立二师是现在的省武警总队的前身，当时负责看押犯人，于是双方一扫前嫌，而且越叙越热火。

长途车上了淮河大堤，开始加速起来，我们的心情也平静了下来。到了怀远站，上来一对小青年，男的留着长发，女的留着短发，都戴着黑色的蛤蟆镜，两人穿着白色的喇叭裤，裤脚有一尺多宽。男的手里提着一个超大个的四喇叭卡式录音机，录音机的音量开得震耳欲聋，播放着时下最流行的歌曲："小妹妹，告诉你，请你不要不要哭泣……"趾高气扬地上了车。后来才知道，这一对夫妻是龙亢农场的职工，新婚宴尔，趁婚假到怀远县城逛街的，现在回龙亢。

病人本来头靠在我的肩膀上已经睡着了，没想到高分贝的喇叭一下子把他吵醒了，只见他瞪了瞪睡眼惺忪的眼睛，听到节奏鲜明的迪斯科音乐，一下子被感染了，精神马上亢奋起来，在座位上扭起来了。我赶忙上前，恳求那对小青年关机，并诚恳地讲明原因，最后还强调："如果他犯起病，把你们揍一顿，我可负不起责任。"女的听我这样一说，赶快把机子关了，不一会，到了龙亢，他俩慌慌张张地赶快下了车。

傍晚时分，我们已经看到了阜阳化肥厂高耸的烟囱和水塔，终于回到了阜阳，总算完成了这一趟忐忑的行程。

发表于 2012 年 11 月 29 日《阜阳城市周报》

我和神行太保

自2005年至2008年，我被聘为合肥神行太保文武学校常务副校长，主持学校日常事务性工作。前后虽只有三年，却给我留下了极为深刻的印象。我亲眼看见了传奇人物盛吉琛校长的感人事迹，亲自体验了学校师生极富特色、紧张有序的学习与生活，也喜悦地分享了来校参观考察的中外嘉宾对学校的敬佩和赞誉。

学校创始人盛校长出身中医世家，从小深受中华传统文化的熏陶。他酷爱武术，曾遍访名山大川，结识武林高手，精心潜研各派精华，经过长期研修磨炼，取众家所长，自创神行武功绝技，在武术界声望鹊起，拜师学艺的人越来越多。为满足社会需求，他遂率领弟子，在武馆的基础上创办了神行太保文武学校。经过近二十年的艰苦创业，终于形成了这所目前我省规模最大、最富竞争力和具有国际影响力的武术学校，在同类学校中独树一帜，为武术界人士和热爱武术事业的青少年们所仰慕。

盛校长不仅身怀武术绝技，具有极深的武功造诣，而且讲究修身养性，注重文化内涵，吸取儒家经典丰富自己。由于内在的品格和涵养，从而形成其特有的气质风度，儒雅之风光彩照人，给人留下深刻的印象。盛校长办学不是只求规模，更追求质量，讲究社会效益，他把学校当作一块玉来雕琢，所以学校能保持旺盛的生命力，经久而不衰。特别是学校接受致公党安徽省委直接领导后，由于致公党的精心指导，充分发挥了致公党在侨务工作和外事活动方面的优势，才使学校有了更加骄人的业绩，特别在海外联谊、外事“助交”方面，为增进中国与世界各国的友谊，作出了独特的贡献。

学校在对外交往、两岸统一等方面发挥学校的专业特长和优势，做了大量有益的工作，发挥了自己独特的作用。一方面，学校经常接待来自五大洲的教育考察团、港澳台参访团、华侨旅行团、一年一度的日本中学生访华夏令营和台湾学生暑期寻根夏令营等来校参观学习交流。另一方面，学校经常派员组团出访，用武术交流、推介中华文化的方式到当时和我国尚未建交的国家如哥斯达黎加、乌拉圭、巴拿马、多米尼加等中南美国家访问，为我国的对外交往搭桥铺路；用主持“海峡两岸中华武术论坛”的方式和台湾地区的武术界、教育界人士联络感情，共商统一大业；用以武会友比赛切磋的方式，参加在美国举行的国际武术争霸赛，巩固我国在美国、加拿大等美洲国家民众中的影响。盛校长本人在海外也获得了极高赞誉，曾被美国俄亥俄州哥伦布市授予“荣誉市民”的光荣称号。他还与美国加州州长、国际影星施瓦辛格，热心于中欧文化交流事业的法国欧中文体友协主任杨立勤，美国密西根安徽同乡会会长周春博士，马来西亚星洲媒体集团、星洲日报总编肖依健女士，台湾“中华全球洪门联盟”总会长刘会进教授等海外政界、影视界、文化界、体育界、媒体等方面的名流建立了亲密的友谊，堪称人民外交的典范、两岸友谊的使者。访问团在海外出色的表演使当地民众瞠目结舌，惊叹不已，观众无不为神行武功所折服，更增加了他们对中华文化和今日中国的了解，也大长了当地华人华侨的志气和威风。

由该校师生组成的武术表演团，多年来，经常出国访问，足迹遍及世界各地。比如2007年，在致公党中央吴明熹副主席的率领下，出访拉丁美洲诸国。其中巴拿马尚未与我国建立外交关系，但访问团发挥侨海优势，紧紧依托当地爱国侨胞团体及洪门组织，举行了声势浩大、丰富多彩的表演活动，在当地引起了巨大的轰动。当地的《拉美侨声报》《拉美快报》《新报》等三大华侨媒体，都以较大篇幅进行了广泛深入的追踪报道。其中《拉美侨声报》在头版头条，以特大号字通栏套红标题“中国致公党武术代表团访巴圆满成功三场公演轰动巴京城独门绝技耳目一新”报道了访问表演盛况，《拉美快报》的头版通栏标题是“中国致公党访巴演出圆满成功”，《新报》的头版通栏标题是“中国功夫给巴拿马学子带来欢乐”。三家报纸都以大块文章和多幅图片密集报道了表演过程，据报道，表演团在巴连续演出三场，观众达一万人次。《拉美侨声报》写道：“此次中国致公党武术代表团访巴非常圆满和特别成功。该团的艺术家和学员们为巴国民众和侨胞带来了精湛的节目，他们的精彩表演和独门绝艺令巴国民众和侨胞叹为观止耳目一新。可以说他们的努力和技艺，顶级和国宝级的表演，轰动了整个巴拿马京城”。而《新报》记者在报道中一开头就这样写道：“正当全世界每一个角落都掀起了‘中国热’的时刻，中国武术代表团访问巴拿马并进行公演，精湛的表演一时成为当地街头巷尾的热门话题，‘中国热’正在巴拿马不断升温。”文章结尾时则满怀深情地写道：“中国演员们，你们是传递中华文化的光荣使者，你们为我们旅巴华人增光，希望能有机会再把欢乐带到这里来，感谢你们，来自祖国的亲人们。”致公党以这种独特的方式，为大洋彼岸与我国尚未建交的国民打开了一扇了解改革开放后的新中国的窗口，加深了彼此间的相互了解，以人民外交的方式，树立了我国的形象，增进了人民之间的友谊。代表团这次访巴是顺道而来的，主要目的是参加在哥斯达黎加举行的中国大使馆开馆及升旗仪式。代表团的努力在外交上也取得了胜利，代表团访巴的同时，恰逢台湾“总统”陈水扁出访拉美，陈水扁要求在巴拿马过境，虽然当时双方还维持着“外交关系”，但仍被巴拿马当局断然拒绝。一冷一热，对比多么鲜明啊！当然其中有多方面的因素，但是，人民外交所发挥的影响，不能不是其中主要因素之一。这次成功的出访，是该校师生遍访世界各国的一个缩影。每到一处，他们都能在当地引起轰动，掀起“中国热”，受到交口称赞，他们是当之无愧的“民间大使”。

中外嘉宾来校参访后，对学校师生的武功和技艺都给予高度的评价，他们纷纷用“不可思议”、“精彩之至”、“从未见到”、“美轮美奂”……这样的词语来形容。2007 年日本都道府县教育代表团来校考察，团员都是日本各地政府教育主管部门的负责官员和知名学校的校长，可谓教育精英集聚、专业行家荟萃。在观看师生的武术表演之后，自称“中国通”的团长长嶋展章先生用流利的汉语悄悄地对我说：“贵校管理有方，师生崇文尚武，训练有素，技艺超人，本人十分敬佩。日本教育应当向你们学习。”

在所接待的来自世界各地的来访者中，给我留下印象最深的是来自宝岛台湾的刘会进先生。刘先生是台湾洪门五圣山信廉总堂主，并担任“中华全球洪门联盟”总会长。刘先生热衷于洪门事业，曾撰写《见证洪门三百三十年》等研究洪门的学术专著，在台湾颇有影响。刘先生生于台湾澎湖，是地道的台湾本省人士，但他却笃信台湾是中国的一部分，坚决反对台湾独立，主张两岸统一。在当时民进党执政台湾的不利环境下，他克服重重困难，积极组织运作了在高雄市举办的“第二届海峡两岸武术论坛”，并特邀致公党中央白俊杰副部长所率神行太保文武学校代表团参加。这次武术交流盛况空前，在台湾引起巨大反响。尤其是学校师生的表演，媒体称“震慑全场，满堂喝彩”。（据《澎湖时报》）高雄市军政首脑均到会，台湾地区的政要如马英九、萧万长赠送了花篮，吴伯雄、王金平等特致贺电，以示祝贺。岛内各大媒体予以关注，进行了全方位的报道。刘会进先生来校后，学校以盛大欢迎仪式迎接。全校师生济济一堂，为他举行欢迎大会。盛校长亲自主持，并发表了热情洋溢的讲话，还向刘先生赠送了纪念品，并特聘刘先生为名誉校长。会后进行了精彩的武术表演，师生的精神风貌和精湛的技艺，给他留下了深刻的印象。尤其是亲如家人的热情，使他十分感动。这位刘先生也是性情中人，在致辞时由于激动万分，竟热泪盈眶，几度哽咽，此情此景，凡在场者无不动容。使我们再次感受到中华民族血浓于水的真情和华夏儿女期盼祖国统一、民族复兴的迫切心情。像这样的感人事例，在每次接待活动中都会出现。每当回忆起这些难忘的往事，都觉得历历在目，刻骨铭心。

我离开学校后，学校又有了新的发展，兴办了神行太保职业技术学校、巨星艺术职业技术学校，组建了神行太保教育集团，提升了办学层次；与美国匹兹堡中文学校展开国际教育合作，成立“神行太保（中国功夫）北美文化中心”，把影响延伸到海外，学校也被致公党中央誉为“致公党的一块金字招牌”。我深为学校的日新月异、快速发展而感到自豪，谨以此文留下对学校的美好回忆，遥祝我曾经工作过的合肥神行太保文武学校取得更加辉煌的成绩，为致公党带来更大的荣耀。

发表于《安徽致公》2010 年第三期

风雪弥漫回乡路

2008年初，我结束了在福建旅游的行程，从武夷山乘厦门到合肥的火车回阜阳。上车的时候武夷山的天气还很暖和，加上车厢里空调开了暖气，我只穿了毛衣和外套。我睡在下铺，上铺和中铺是姐妹俩。从交谈中得知，她俩在武夷山的一个发廊里打工，春节回老家安庆度假。这俩人穿得更少，上衣是短外套，下面是短裙、丝袜，好像不知道现在是冬季。

登车的时间是下午，离开武夷山的时候，群峰叠嶂，烟雾袅袅，中间夹杂着几丝细雨，给人以江南春早的感觉。在车轮与铁轨有节奏的撞击声中，我进入了梦乡。第二天早晨，忽然听到上面的姐妹在惊呼："下雪了！下雪了！"我抬头向窗外看去，果然外面飘起了雪花。那雪花纷纷扬扬，飘飘洒洒，山风吹过，像白雪公主在起舞，旋转的裙裾把天空搅得一片欢腾。在外已经过去了整整一个星期的我，急切盼望回家的心情和这漫天飞雪一样热切。车厢里有两个广东来的男孩，大概很少见过雪，尤其高兴。他俩在走廊里跑来跑去，像快乐的小鹿，一边欢笑，一边用很难听懂的广东话在喊，估计也是："下雪了！下雪了！"

下雪给我们单调的行程增加了很多乐趣，眼看着窗外的梯田和远山都已经披上了银色的盛装，景色十分壮美。只顾得欣赏眼前的雪景，加上闽北山区冬天下雪也是常事，所以也就没有多加细想，只是觉得不虚此行，没想到在列车上还能欣赏到江南雪景。上面的姐妹俩从早晨开始，嘴巴就没停过，她俩一会儿吃果脯，一会儿吃鱼干，一会儿又吃老婆饼，一会儿又吃开心果。一边吃，一边交谈着在发廊里遇到的趣事，说到开心处，两人旁若无人地开心大笑，笑得前仰后合。我只好叹了口气，现在的年轻人，真是有意思。

雪越下越大，觉得好像我们坐的电气机车牵引的火车开得越来越慢，这时有一个不祥的念头忽然闪过我的脑海，大雪难道会对火车速度产生影响？可是马上又打消了这个念头，因为根据常识和经验，是不可能的，不然东北、华北的火车就别跑了。可是又一想，如果雪下得太大呢？那就难说了。

正当我在车上瞎琢磨的时候，不幸终于被我言中了，列车像一个跑不动的老牛一样，慢腾腾地停了下来，接着车上的广播响了，告诉我们现在是临时停车。我连忙安慰自己，临时停车就是临时的，还能停多久？就此睡一会吧，别胡思乱想了。

哪知道接下来的情况就不是我想的那样了，没想到这个“临时停车”一下子就停了两天一夜，停得上面的两姐妹花容失色，停得一车人怨声载道，停得我心急火燎，那真叫归心似箭。

我忽然想起，我还没吃饭呢，赶快到餐车用餐。谁知走出卧铺，来到硬席车厢，只见通向餐车的通道上已经排起了长队，不时有人捧着一大摞饭盒走过去。这时我才在心里暗暗责怪自己，怎么没想到要有长期作战的观念？这下可好，说不定还要在车上挨饿呢！

长时间的停车造成乘客的恐慌，加上列车上的乘务员也不知是怎么回事，不好好向乘客解释，“危机公关”没有发挥作用，所以乘客纷纷抢购食品。原来推来推去无人问津的售货小车现在却被人抢购一空，什么可乐、饮料、豆干、花生米全部售罄，据说连扑克、面巾纸也卖完了。我终于挤到餐车窗口，这时已经开始实行定量，每人限购快餐两盒，我只好捧着两盒快餐，又挤回车厢。

等我提醒上面的姐妹快去买饭的时候，她俩才睡眼惺忪地跑去了。回来的时候哭丧着脸，原来盒饭早已卖光。这下好了，挨饿吧！我看她俩的目光老是盯着小桌上的我那盒没吃的饭，可怜巴巴的，于是就慷慨地说：“这一份你俩分着吃吧，总比饿着强！”她俩也不矜持了，你一口、我一口地很快把饭吃完了；吃完了再说道谢的话，还要付钱，我连忙推辞。“别小看人了，百年修得同船渡，能在一起乘车，又遇上大雪，也是缘分啊！”她俩很同意我的观点，说绝对是缘分。

停车的地方是一个不知名的小站，大概是个编组站。借着月台上昏暗的灯光，可以看见，每条铁轨上都停着列车，密密麻麻的有很多排。看来问题严重，受阻的并不是我们这一趟车，我开始埋怨自己，怎么非要在这个时候出来旅游，碰上这倒霉的事。莫非我们要在这里安营扎寨？到底停到什么时候才是个头呢？

车上又开始供应盒饭和矿泉水了，可是价格却涨上去了，矿泉水十元一瓶，盒饭二十元一盒，嫌贵就别买。后来才知道，列车长为了能让乘客吃上饭、喝上水，动员乘务人员踏着积雪，走着小路，到附近几里路外的小镇上采购了大米、蔬菜和猪肉，才使餐车恢复了供应，看来价格贵一点也是可以理解的。

可是究竟因为什么车停了这样长的时间，谁也不知道。乘客憋了一肚子的气，乘务员窝了一肚子的火。几句话不投机，加上有的愣头青想找地方发泄，于是几个乘客就和一位乘警争执起来。有的还想挥拳头，幸好有女乘务员两边规劝，才算平息了事态。上面的姐妹俩已经把原本准备带给亲友的见面礼全部吃光了，哭丧着脸对我说："回去怎么走亲戚呀?"我安慰她们："先考虑眼前吧，东西可以到安庆再买。"我虽然在劝她们，心里却暗自嘀咕，什么时候才能到安庆、才能到合肥呀？我到合肥还要顺道办事呢，所有的行程都被耽误了！开始停车时往家里发短信说因大雪受阻，以后也不知道该怎么向家里解释，真是心急如焚啊！

突然，列车开始动了一下，然后就在大家的欢呼声中驶出了小站，而且越开越快。这时我们的心里不知有多么激动，上面的姐妹俩不知是哭还是笑，一边咧着嘴巴，一边抹着眼泪，我们终于又踏上了回乡的路。

后来我们才知道，当时我国南方遭遇了几十年不遇的雪灾，大雪压断了供给铁路运输电力的高压电线，甚至压垮了高压电线的铁塔，导致南方铁路运行图混乱，造成大面积的列车停运，我们滞留在南方小站，只是上千对列车中的一列。雪灾爆发后，铁路、供电、交通等有关部门立即行动起来，展开了空前的大救援行动，因为电力中断，电气机车无法运行，铁路部门迅速从东北、新疆等地调来即将退役的内燃机车和蒸汽机车，不远万里，赶赴江南拉运滞留多日的列车，我们也有幸终被救助，摆脱困境，重新上路了。据列车员介绍，假如再拖下去，车上的应急发电设备将无法继续工作，到时列车将断电断水，后果不堪设想。这真是不幸之中的大幸啊！

回家的感觉真好！我们的列车像长上了双翼的神马，快速奔驰在崇山峻岭之间，堆满积雪的树枝，纷纷向后退去，闽赣线上的鹰潭、南昌等大大小小的车站被依次甩在了后面。可能因为沿途的旅客都已经退票，所以上车的很少。到了九江站，已经是凌晨时分，站台上供应快餐，十元一碗，除了米饭，还有一个鸡蛋和几块鸡肉，虽然量少，味道也不怎么样，可是热腾腾的，我们很快就吞下去了。碗是土制的陶碗，都留在了车上，列车员打扫卫生竟装了一大桶。

列车很快过了长江，在大桥上，才体验到“白山黑水”的景象：两岸一片白雪，江水成了黑色，缓缓地流着。列车驶入安徽，才发现皖南地区雪下得也不小，从路旁村庄房屋上的积雪看，厚度惊人。这时候，我才有心思欣赏窗外的雪景，远处的山和近处的丘陵都披上了银装，列车在白茫茫的雪原上疾驶而去，像要冲出这冰雪笼罩的世界。

车到安庆，我和两位女孩道了别，看到站台上亲友接她们的热闹场面，真有几分妒忌，因为我的回乡之路还很长。下午，列车终于到达终点站合肥西站，我穿上羽绒袄飞快地下了车，向站外奔去，拼命挤上了开往合肥站的 111 路公交。合肥已经天晴，夕阳西下，给楼房和树木上的积雪镀上了一层金黄，道路上积雪还未融化，公交车很挤，路上老是堵车，到合肥站足足用了一个小时。

我又连走带跑地奔向火车站售票处买票，因为还要赶回阜阳，好在票很快就买到了，是一趟加班车，半夜零点从合肥发车。利用这段时间，我又乘车去合肥北郊取回留在朋友家的东西，去的时候还算顺利，回来的时候我却傻了眼，因为这天晚上合肥突然下起了大雾，能见度不足五十米。马路上尚未融化的积雪已经被冻成冰凌，车轮轧过的车痕成了高高低低的冰谷，车子很难行驶。我在冰冷的寒风里站了将近一个小时，根本打不到出租车，急得头上直冒冷汗，路灯在大雾之中像老人昏黄的眼球，无奈地看着我。眼看已经是晚上十点了，只见从长丰方向开来一辆破旧的小巴，拦住一问说是去新亚汽车站的，新亚反正离火车站也不算远了，连忙上了车，票价十元，也管不了那么多了，只要不误上火车就行。可是没想到刚到北环路，这辆破小巴竟然被马路上的冰冻崩掉了一只前轮，动弹不得，要不是司机反应快，及时刹车，说不定还要出车祸。真是命运多舛！我在心里哀叹，怎么这趟路这样背时？什么事全让我遇上了。现在只有抓紧时间，迈开双脚，来个急行军吧，好在离火车站已经不远了，走一走还暖和，踏着冰雪泥泞的道路，迎着凛冽的寒风，我终于赶在开车前到达了火车站。

上了火车仔细一看，长长的列车空荡荡的，只有几十个旅客，因为这趟车是临时加班的，所以乘客不多，车开动以后，我才感到越来越冷。听乘务员说，这是一趟发送农民工的临时专列，刚从北京开来，现在又要赶回去继续拉等候在北京站的返乡农民工。车上没有空调，也没有开水供应，这时我觉得，整个车厢好像四面透风，脚上的旅游鞋早已湿透，脚冻得生疼。我只好站起来，在走道里走来走去取暖。好在这车开得飞快，在淮南停了一下，又立即上路，而且越跑越快，到达阜阳仅用了两个多小时。

因为已经是凌晨三点，人不多，出了阜阳站很容易坐上了出租车。上车后司机要三十元，这是平时价格的一倍，比合肥到阜阳的火车票还贵，那也得坐。在车里我连忙给家里打了个电话，因为就要到家了，怎么样也要给家人一个惊喜，还得幽默一下。于是我装着哭腔说："老婆大人，求求你给我下碗饺子吧！"当我回到家中，端起热气扑面的饺子，才发现自己已经真的是热泪盈眶了。

发表于 2013 年 1 月 17 日《阜阳城市周报》

忆 紫 园

最近正在几家电视台热播的电视连续剧《大宅院的女人》剧情诡秘曲折，人物钩心斗角，反映了清末民初社会面貌的一个侧面，值得一看。这部电视剧的主要外景地就是皖南绩溪的一座名园——紫园。笔者去黄山旅游时，也曾到紫园一游，今天看到电视剧中的场景，宛如旧地重游，倍感亲切，不免引起诸多回忆和遐思。

紫园虽面积不大，但傍山而建，地势前低后高，很有起伏，山岩和建筑错落有致，林木夹杂其中，疏密相间，给人以移步换景的感觉。紫园的大门正对着一条大路，视野开阔，门前有一个小广场，显示出大户人家的气度，正合中国古代建筑的好风水之说。大门斗拱重叠，檐角高挑，以徽派建筑特有的木雕和砖雕为装饰，气势恢宏，古朴典雅。大厅上悬“紫园”横匾，左右的石柱上以黑漆为底，镌刻一幅镏金对联：“紫凤苍龙神奇如画；云风白日幽雅成园。”道出园名来历，又暗含了紫园的布局特色，电视剧中迎娶二姨太的场景就是在这里拍摄的。大门的右侧是茶楼，供游人小憩；左侧为酒肆，挂着酒旗。在大门和酒肆之间有一条街巷，巷口立着一座很有皖南地方特色的石牌坊，上书：乙丑进士程定。巷内有一间药铺，电视剧中的白老爷带二姨太看病的场景就是在这里拍摄的。大门一带的街景，可以说是徽州地区某个山坳乡镇的缩影。

进入大门，眼界豁然开朗，原来紫园的中心是一泓半圆形的荷花池，池前有石栏相护，池水荡漾，倒映着蓝天白云。池的右岸建筑沿山势而修，有台阶拾级而上，上下落差很大。建有石经幡、碑廊、假山洞等，呈龙形蜿蜒而上，护坡的圆石犹如龙鳞，龙尾是山下的家神庙，龙头是半山中的院落，圆形拱门，上有“拟此清华”四个大字。

荷花池上还架有一座名为“环翠桥”的石桥，横卧清波之上，既是水面上的点缀，又使建在两岸的小亭和水榭互相交通。和右岸相对，池的左岸为凤形布局，凤尾是名为“瑞霭门庭”和“竹苞松茂”的两个院落，凤头是建在水榭上的“待云阁”，这里是紫园的建筑群集中所在，与大门对联中上联的“紫凤苍龙神奇如画”相符，电视剧中的很多场面都以这里为背景。

紫园的主建筑群位于荷花池的上方，前有花戏楼，后有厅堂。花戏楼的前面还有一座回廊，与石桥平行。廊边还有美人靠，供人观赏表演。在花戏楼的背后是两座两进的厅堂。前厅后堂之间都有一个天井小院，以供通风采光和下泄雨水，设计十分科学合理。厅堂的墙、柱均为木质结构，下有石鼓石条相承，以保证木质不腐不蛀。所有的窗棂、梁柱接榫处都有细木雕琢，内容大多是山水花鸟、历史人物、神话传说，十分精美，每处都堪称高妙绝伦的艺术品。家具均是用硬木打造，雕有细腻的花纹，堂上挂有中堂条屏等字画，古色古香，很有书卷气息，处处显示出徽州儒商的高雅。电视剧中的不少故事情节，都是在这宅院中演绎的，回想当时游园时，立足厅堂之上，看案头陈设，琴棋书画；听窗外松涛，阵阵入耳，恍若时光倒流，超越了时空。而今再看这部电视剧，更加令人喟叹唏嘘，真可谓：楼台犹在，斯人何归？

紫园以青山叠嶂为屏，以一潭清池为底，亭台楼阁，交相辉映，黑瓦白墙，错落在山水间，格外醒目。园内林木繁茂，古树参天，细柳袅袅，修竹摇曳，青苔润石，幽兰吐蕊，杜鹃正红，更为紫园平添不少诗情画意。园内还置以不少盆景，如鹊梅、榆树、山荆、南天竹、五针松等，虬枝苍劲，老根嫩叶，更给游人增加了几分游兴。

紫园虽没有避暑山庄皇家园林的宏大气派，也没有苏州园林的小巧纤秀，但它集中了徽派园林的所有特征，造园造势，别具一格，表现了徽州古代能工巧匠的智慧、技巧和匠心独具。徽州人素以儒商而闻名天下，明清以来不少徽商富豪发家致富以后，都回到故乡大兴土木，修建园林，吸收各派之长，因地制宜，保留特色，逐步形成独特的徽派建筑风格。但由于连年战乱、民生凋敝，很多古民居遭到破坏，特别是太平天国的兵士杀进黄山，对大户人家的焚掠，以及文化大革命的空前浩劫，使徽州古建筑惨遭蹂躏，所剩园林无几。而这座紫园的主人却是当今一位很有远见卓识的企业家，邓小平关于开发黄山旅游的指示发表后，他及时抓住商机，开始投资兴建紫园。他怀着对恢复徽州园林胜景的极大热忱，请来徽州各地园林建筑大师，集徽派古建筑之大成，在黄山各地破落的古民居搜集建筑材料，再按照徽派园林的布局特点，组装了这座紫园。所以，虽为现代所建，却也原汁原味。由于材料地道，组合精妙，堪称巧夺天工。紫园既给后人保留了徽州园林的一座标本，传承了文明；又给游人一个好的去处，宣传了文化，说是抢救工程、文化创意产业，都不过誉，真是做了一件大好事。所以紫园建成后，游人慕名而来，络绎不绝，成了一处胜景。电视连续剧《大宅院的女人》把紫园作为外景拍摄地，更加充分说明了紫园的历史价值和文化价值，当然，也更使这个地处深山的园林增加了知名度，提高了美誉度。所以，如果你想体验徽派园林的艺术魅力，追寻徽州古民居的奥妙，那紫园是不可不去的了。

发表于 2010 年 4 月 29 日《颍州晚报》

一桥飞架，天堑变通途

夏日清晨，一辆旅游大巴正在青兰高速公路上向着青岛方向疾驰而去。车上的游客还在酣睡中，忽然，导游小姐的呼喊声使大家从睡梦中醒来："胶州湾跨海大桥就要到了！"我们连忙睁开双眼，急切地向窗外看去，争相一睹竣工通车不久的大桥的雄姿。只见路旁指示牌上的"黄岛"、"红石崖"等地名依次掠过，哇！一条巨龙般的跨海大桥顿时出现在我们面前。

晨曦中的胶州湾，天边有几朵浮云，海面上薄雾袅袅，风平浪静，波澜不惊，依稀可以看见几叶扁舟在海上忽隐忽现。大巴已经驶上了桥面，大桥是双向八车道，平坦开阔。两旁白色的栏杆齐刷刷地向车窗后飞去，说明大巴在桥上依然保持着高速行驶，没有必要减速缓行。

放眼望去，跨海大桥像一支巨大的神箭射向薄雾蒙蒙的天际，大桥似乎没有尽头，大巴在桥上风驰电掣般向前驶去。阵阵海风从车窗外扑面而来，夹着从海上飘来的雾气，显得十分凉爽宜人。在如此宏伟的建筑面前，我们的精神十分亢奋，车厢里充满了人们阵阵"啧啧"的赞叹声，无不为之倾倒，大家都为能够亲临这举世闻名的大桥而无不感到幸运。

据导游小姐介绍，胶州湾跨海大桥全长36．48千米，为世界之最，无可匹敌，比前任冠军杭州湾跨海大桥还长0．48千米。建造这座气势恢宏、雄伟壮观的大桥总共用了17年的时间，造桥技术堪称世界一流，桥墩的高度和入海的深度也创造了世界之最。这座大桥的独特之处还在于它并非一座简单的桥梁，而是由几个部分组成的，因而是一个庞大复杂的系统工程。从红石崖上桥后，自西向东依次进入我们眼帘的有陆上引桥、大沽口航道桥、红岛海上互通立交桥、红岛大桥、沧口大桥等。跨过海湾后，与青岛市陆上相连的接线上，还建有大型立交桥，以方便上桥和下桥。由此可以想见，大桥工程之浩大，难怪一朝落成，举世皆惊。

大沽口航道桥是跨海大桥的标志性建筑，远远望去，宛如长虹卧波，横亘在海湾之上。据介绍，大桥为自锚式悬索桥，采用主塔斜拉结构。主塔为独塔，高达149米，是跨海大桥的最高塔。白色的主塔，矗立在蔚蓝色的海面上，十分夺人眼球，它是整个跨海大桥的主要标志物。桥梁是由钢箱梁焊接而成的，其中最大梁竟达1000余吨，创造了国内最重纪录。大巴驶过桥面时，巨大的斜拉钢索依次掠过车窗。回眸望去，主塔和悬索好像一座巨型的竖琴直插云霄，傲然耸立在天空。

红岛互通立交桥是我国第一座海上立交桥，建在跨海大桥的中部。它是跨海大桥的一大特色，因而也是一个靓点。由于立交桥全部建在海中，比起在陆地，环境十分苛刻，技术要求相当高。大桥建设者们克服了海上冰冻期长、海水盐度大等困难，在艰苦的环境中居然能打造出如此完美的建筑，可谓神工鬼斧，实在令人钦佩。从远处看，立交桥犹如水中蛟龙，左盘右旋。近距离观察，立交桥上下多层交通，巨大的圆弧相勾连，高大巍峨，气势磅礴。海上立交桥呈“品”字形，把青岛、红岛、黄岛连成一体，大大缩短了三地的距离，彻底改变了过去“青黄不接”的状况，对环胶州湾经济带的发展具有极其重要的意义。耳闻目睹，使我们不由得从内心发出赞叹：可敬的建桥者们，是你们用智慧和辛劳，把天堑变成了通途。

回想20世纪80年代坐火车经过武汉长江大桥时，就曾为之惊叹，认为是开了眼界。90年代在南京长江大桥上徜徉，更为之叹服。21世纪初在厦门观光，经过钟宅湾海上大桥，觉得实属难能可贵。去年途经杭州湾跨海大桥，已经是叹为观止了。今天又喜见胶州湾跨海大桥，更加为祖国经济实力的飙升和基础建设的日新月异而倍感自豪。

我们的旅游大巴从桥上经过，足足用了半个小时，可见大桥之长。可能因为是早上，桥上来往的车辆并不多。偶尔可以看到维护大桥的工人早早就在桥边上开始了一天的工作，间或也能看到一些冒着可能受到被处罚危险的发烧友，开着私家车在应急通道上拍照留念。此时海面上的雾气已经消散，只见靠在桥栏杆上秀姿拍照的女孩的红色裙裾在晨风中摇曳，一群海鸟从桥上飞过。那桥，那景，那情，实在令人难以忘怀。

发表于2011年11月16日《颍州晚报》

日照渔村品海鲜

海风习习，海风清凉。闻着带有海边特有的咸鱼味的海风，听着海浪拍打着礁石的阵阵涛声，看着远方海面上的点点渔火，此刻，我们正置身在日照海滨的小渔村里，在一个小酒店的凉棚下，享受着海滩夏夜的舒适和惬意。

“菜来了!”随着老板娘的一声吆喝，经历了一天游乐，已经有几分倦意的我们顿时精神大作。已经是饥肠辘辘了，所以大家马上拿起筷子，各不相让，一口啤酒下肚，几片滑爽脆嫩的凉拌海蜇入口，这顿使人难忘的美餐就在人们啧啧不停地赞美声中拉开了序幕。海蜇是白天刚从海里打捞上来的，佐以葱、姜、蒜、糖、醋等调料，那才真叫味美；白色的海蜇上撒上一层绿色的香菜，那才叫色、香、味俱全。啤酒，那当然是新鲜的青岛牌扎啤了。

经不起我们的三下五除二，这盘佳肴已经见底了，还没有等我们回味过来，灵巧的老板娘又上了第二道菜：椒盐龙头鱼。这种鱼长不过四五寸，长得圆滚滚的，长长的，很像一根细细的胡萝卜，鱼鳞极小，全身都是肉，只有一根独刺。老板的厨艺相当好，鱼入油锅炸，既不裹面粉，也不裹面包渣，而是直接入锅。一盘小鱼整齐排列，焦黄的色泽，看起来就让人馋涎欲滴，吃起来外焦内嫩，肉质十分细腻，香酥可口。此时再啜一口啤酒，那个美味儿，就别提了。

第三道菜是油爆八爪鱼。这种八爪鱼个头很小，肉质细嫩。据老板介绍，渔民在海里捕到这种鱼的时候，洗净后用开水一烫即可入口，味道好极了。经过爆炒的八爪鱼一个个就像紫色的小菊花，再配上绿的海菜丝和红的辣椒丝，看着就使人食欲大振，吃起来更是香脆俱全，味道十足。

接下来是主菜：红烧大黄鱼。鱼用浓油赤酱烧成，烧的火候很到位，作料酱汁已经全部浸到鱼肉里。可能是因为这条鱼比较大的缘故，鱼肉比较粗，不像淡水鱼肉那样细，吃起来有几分红烧牛肉的味道，但又没有牛肉的膻味，总之比起平时吃的淡水鱼，别有一番风味。

这顿美餐的压轴是炭烤鱿鱼。菜刚上来，那特有的烧烤焦香味就在刺激着我们的嗅觉。这道菜很有咬劲，又嫩又韧，很有些蹄筋的嚼头，但又比蹄筋多了焦香的味道，爽而不腻，细滑劲道。只有吃到这样的烧烤，你才能真正体会到美食家之所以把海味称之为“生猛海鲜”的道理，所谓“生猛”，那自然是鲜美得令人倾倒罢了。

最后，这顿美餐以海贝蒸蛋羹收官。由于蒸蛋里加入了新鲜的海贝，蛋羹显得特别鲜美，入口即化，海贝肉又细又嫩，使人过口不忘。

老实说，这顿令我们痴迷的海味都是些寻常海产，并没有什么名贵的品种，但属于工薪阶层的我们，已经感到很满足了。毫不夸张地说，只要一回味起这顿美餐，顿时觉得齿颊余香犹存。

日照海鲜之所以味美，主要得益于这里几乎没有什么工业，因为海水没有受到污染，我们才真正得到大自然的恩惠，才能有这份口福。当然，旖旎的沙滩美景，宜人的海湾环境和别样的渔村风情也是享用这顿美味不可多得的条件，所以在日照渔村品海鲜，不单单品的是味道，更难得的是情调。不过还要提醒大家：如果你是过敏性体质，那你在吃海鲜前就得掂量掂量了。另外，鲁菜大都偏咸，所以你在点菜的时候，不要忘了叮嘱店家：味道要清淡一些，这样才不致留下遗憾。不管怎么说，如果你还没有去过海边，没有品过海鲜，那日照是一定要去的了。

发表于 2011 年 12 月 20 日《颍州晚报》

踏雪寻芳灵谷寺

我们拜谒国民革命军阵亡将士公墓——灵谷寺的时候，恰逢南京刚下第一场春雪。早晨，雪霁初晴，空气显得格外清新，天空中仍还有星星点点的雪花在飘洒，雪花随着山谷中的风向上升腾，犹如我们放飞的心情。放眼望去，环绕灵谷寺的紫金山重重叠叠，山上的绿树丛上，已经是银装素裹，景色十分优美。

灵谷寺的大门上，绿色的琉璃瓦在白雪的映衬下显得特别圣洁。大门左侧，“国民革命军阵亡将士公墓”的石碑告诉人们，这里祭奠的是在北伐战争中阵亡的国民革命军先烈们，门额上有“灵谷胜境”四个醒目的大字，为现代书法家钱松喦先生所书。

怀着无比崇敬的心情，我们步入大门，沿着石阶，拾级而上。灵谷寺的建筑群是依据山势而建的，登上高台，是一座高耸的牌坊，上面镌有“大仁大义”的匾额，这是对英烈们可歌可泣的业绩的最恰当的评价。牌坊左右分列两座石雕，一座为熊，一座为罴。石雕上覆盖一层积雪，使两个野兽的形象显得非常驯服，它们可能是被革命先烈们精神所威慑，只能匍匐在英雄们的脚下，作为祭品，被人们奉献在英雄们的灵前。此时此景，使我不禁想起毛泽东的诗句“高天滚滚寒流急，大地微微暖气吹。独有英雄驱虎豹，更无豪杰怕熊罴”。

穿过牌坊，就到了举世闻名的“无梁殿”。无梁殿据说建于明初，整个偌大一座殿堂采用拱圈结构，竟无一根大梁，也没有一寸木材，全部为砖石结构。整个建筑构想奇特巧妙，气势宏伟，充分显示了我国古代建筑师的聪明才智。步入殿内，只见殿顶犹如苍穹，既无雕梁，亦无画栋，真是神工鬼斧，巧夺天工，堪称一绝。

殿内陈列为辛亥革命名人蜡像馆，这些蜡像是根据历史照片和有关资料，按照真人大小等比例制作的。共组成若干带有历史史绩的动态画面，蜡像造型十分生动逼真，栩栩如生，使游客有身临其境之感。

虽然是雪天，但殿内游客仍然是熙熙攘攘，人们怀着崇敬的心情瞻仰着旧民主主义革命的先驱们。一位举着“华侨旅行社”小旗的导游正在向一批海外来客讲述着北伐军将士浴血奋战的事迹，听着他的讲述，我们的脑海里掠过了一幅幅惨烈的战斗画面：汀泗桥头、贺胜桥畔、南昌城下……叶挺将军指挥的独立团勇士们正在英勇拼杀，前仆后继，终于把国民革命军的旗帜插上了武昌城头，使反动军阀吴佩孚闻风丧胆、丢盔弃甲。

身边的一对青年男女正在殿内的石壁上寻找着什么，原来无梁殿的四周墙壁上，嵌有青石石碑，密密麻麻地镌刻着阵亡的北伐将士的英名。从这对青年的交谈中我们约略可以悟出，其中一位的长辈曾经是北伐军的一员，戎马倥偬，最终战死在沙场，听到他俩的交谈，我们不禁肃然起敬。

步出无梁殿，面前豁然开朗，这里是阵亡将士的墓地，已经为白雪覆盖，远处的松风阁的绿色琉璃瓦和灵谷塔的飞檐在蓝天映衬下，显得十分静洁和庄严。北风吹过，送来一股淡雅的清香，循着清香寻去，原来墓地的一角有一片梅林，梅花正在怒放。踏雪走近，仔细端详：啊！盛开的梅花千姿百态，美不胜收。它们有的像孩子一样张开笑脸，开得那么舒心，那么自如；有的像小姑娘一样躲在花束后面，羞涩得半开半合；还有的打着花苞，像正在熟睡的婴儿，蓄芳待放。梅花上面都挂满了雪粒，那晶莹剔透的雪粒像是给梅花的花瓣镶上了一颗颗钻石，在阳光的照耀下，闪耀着光芒。树枝上挂着的白雪，棉絮一般，把梅树装点得别有一番韵味，让游人觉得像进入了一个童话般的世界。梅花香气四溢，空气中到处弥漫着梅花的清香，沁人心肺，处在这样的氛围中，一时间，我觉得满天飘洒着的星星点点的小雪花仿佛也变成了无数梅花的花瓣，漫天飞舞。梅树下的雪地上，缤纷落下了片片花瓣，在雪地上特别醒目，我不由得俯下身子，拾起了几片花瓣。看着手中的花瓣，心中不禁想起了一句诗："落红不是无情物，化作春泥更护花。"是的，人们之所以爱梅、颂梅，爱的就是梅的精神：不畏严寒，不怕冰霜；颂的就是梅的品格："俏也不争春，只把春来报。待到山花烂漫时，她在丛中笑。"而长眠在灵谷寺的革命先烈们，不就是在实践着梅的精神，体现着梅的品格吗？在民主主义革命的前进道路上，有多少志士仁人，就像这梅花一样，为着中华民族的解放事业，为着祖国的繁荣、富强和统一，在奋斗，在奉献，甚至默默无闻地献出了自己的青春年华和宝贵的生命。梅花，就是他们精神的化身，品格的写照。

离开灵谷寺，我们来到繁华的中山门大街。这里如今已是摩天大厦林立，街道上车水马龙，人流如织，一片繁华景象，经过百年来几代人的不屈不挠的奋争，中国人民今天终于过上了好生活。回眸灵谷寺，我想，这是可以告慰英灵们的，他们如果有知，也会感到欣慰。但是，我又想到，祖国统一大业尚未完成，我们还要为先烈未竟的事业继续努力啊！既然国共两党已经有过两次成功合作的先例，那就完全可以实行第三次国共合作，实现祖国的和平统一，以完成先烈们的遗愿。

灵谷寺踏雪归来，梅花余香犹存，令人久久不能忘怀。

发表于2012年2月18日《颍州晚报》

情满春山武夷茶

江南春来早，我们去武夷山景区旅游的时候，已是武夷岩茶的采摘季节。所谓武夷岩茶，就是在武夷山的岩石缝极少的泥土里栽培的茶。由于得天独厚的自然条件和特殊的制作工艺，武夷岩茶在我国名茶系列中独树一帜，风味独特，使人过口不忘。

位于闽北的武夷山区，群峰相连，峡谷纵横，属典型的丹霞地貌。大自然的鬼斧神工，使这里形成了奇峰如削、绿水湍急、丹峰碧水、千姿百态的奇特景观，可谓“江作青罗带，山如碧玉簪”。

武夷山旅游，乐在四绝：登顶、漂流、访古、品茗。武夷山到处奇峰林立，陡峭似壁，据说共有九十九岩。由于地壳运动和流水的长期侵蚀，使这里的山峰座座笔立突兀，有的一座山峰简直就是一块高耸的巨石。游人沿着开凿的小道，艰难向上攀爬，惊险而富有刺激，有的险峻处，对面两人仅能侧身而过。登上顶峰，你才能体会到“会当凌绝顶，一览众山小”的境界。放眼望去，大小群峰，匍匐在你的脚下，使你在赞叹景色优美的同时，还获取了一种成就感，而这种享受，是只有登上峰顶才能得到的。

武夷山区景色的绝妙处就在九曲溪，这里是武夷山最为独特的风光，来到九曲溪，你会感到：看山峭如削，看水碧似染。所谓“曲曲山回转，峰峰水抱流”，山随水转，水随山流。登上竹筏，顺水而下，两岸风光，尽收眼底。远看青山叠嶂，近观乱石穿空；头顶有神秘的悬棺，身边碧波涌流，水花飞溅，使你仿佛置身于神话世界，令人魂荡神游，飘飘欲仙。坐在竹筏上，兴致所至，我们不由得一展歌喉：“小小竹排江中游，巍巍青山两岸走……”歌声在山谷中回响，把我们的欢乐送向远方。

武夷山的人文古迹十分丰富，访古自然成了旅游的重要内容，宋代儒学大师朱熹在这里留下了很多遗迹和动人的传说。历史学家蔡尚思对此有高度的评价：“东周出孔丘，南宋有朱熹。中国古文化，泰山与武夷。”这里有朱熹讲学的武夷精舍遗址，朱熹著名的《四书章句集注》就是在这里完成的。这里还有朱熹撰写的《武夷神道碑》，以及朱熹的题刻“逝者发斯”、“修身为本”、“智动仁静”等，这些题刻言简意赅，极富哲理。今天，当我们站在这些题刻面前，深深感到其中思想内涵博大而精深，从而受到心灵的陶冶。

在武夷山品茗是一种享受。走进武夷山景区，只见路边的巨石上镌刻着一米见方的“茶魂”两个鲜红的大字，字体飘逸洒脱，神采飞扬，仿佛在告诉游客：你已经进入了岩茶之乡。武夷岩茶是乌龙茶的一种，自成一个系列，品种花色繁多，分类细致，虽有导游详尽解说，仍然使我们这些游客觉得学问极深。但仍可得知，岩茶极品为大红袍，其次为名枞，再次为肉桂。最好的是正岩茶，即在景区的山上生长的；最差的是外山茶，是在山外的丘陵地区生长的。岩茶根据产地、叶片、色、香、味等可分为百种，其中之奥妙，令人叹为观止。

武夷岩茶有悠久的历史，据说最早可以上溯到商周时期，以后被历代皇家宫廷作为贡品，名气越来越大，享誉朝野，甚至流芳海外。唐代诗人徐寅有诗“武夷春暖月初圆，采摘新茶献地仙”。宋代范仲淹诗中称之为“不如仙山一啜好，冷然便欲乘风飞”。据热情大方的女导游介绍，朱熹由于爱茶，曾在隐屏嶂下的平旷洲地上亲手种植茶树，一天他去永乐庵与众僧参禅，归来时一心欣赏沿途胜景，迷失了道路，后遇一村姑，邀请朱熹回家饮茶。女子头插白色茶花，身着一袭绿裙，美貌绝顶，十分温柔。朱熹饮后顿觉心旷神怡，迷茫中雾气消散，才知道自己正置身在亲手栽种的茶树旁，而女子不知所去，房屋也荡然无存，原来这女子正是自己所植茶树所化。听了这段美丽的传说，我们不禁感叹唏嘘，对武夷岩茶更加神往。

正在遐想之中，我们被导游带进了一户农舍，身着蓝色扎染唐装的一群姑娘对我们笑脸相迎，使我们恍如时空交错，莫非茶树仙女们重新现身了？当然不是，原来她们是要为我们作茶艺表演。

武夷山茶的茶艺十分考究，有严格的操作程序，茶艺共分十个步骤：一是恭请客人上座；二是烫洗沏茶的茶具；三是打开茶罐，请客人闻香，再放茶入壶；四是悬壶高冲，上下三次，叫凤凰三点头；五是用壶盖刮去泡沫；六是开水淋浇茶壶，以提高壶温；七是烫洗茶杯，杯子很小，状若酒盅；八是把冲泡出的茶汤再倒回壶中；九是依次为客人上茶；十是请客人品尝岩茶，领悟韵味。饮茶时要先闻，后品，再咽。

武夷山岩茶的韵味称为“岩味”，这岩味包括色：岩茶汤水一般为金黄，稍带微红，十分清澈；香：岩茶有特殊的香味，并且能留存到杯底；

甘：岩茶有一种甜甜的感觉；醇：岩茶的茶汁特别醇厚；鲜：茶汤清新鲜美；滑：岩茶浓稠，入口顺滑；骨：岩茶味道绵软，饮后长留颊间，柔韧不绝。

看了村姑的表演，听了她们的讲解，再加上细细品味，确实既获得了享受，又长了见识，至此游客们只有大包小包地抢购了。

武夷山岩茶之所以味美醇厚，主要得益于这里的自然环境。由于山势陡峭，群峰林立，既拦住了西北寒流的袭击，又锁住了东南海上吹来的暖湿气流，使武夷山区终年云雾缭绕，细雨连绵，据统计年降水量达2000毫米左右，有雾的天气占全年的三分之二。武夷山的土壤为褐红色，富含铁元素，加上山上植被丰富，落叶缤纷，使土壤中含有大量的腐殖质，是天然的有机肥料，最适合茶叶的生长。大自然的恩赐，灵山秀水的孕育，使武夷山岩茶成为茶中之极品，享誉海内外。

短暂的行程结束了。告别武夷山时，天空中又飘洒起蒙蒙细雨，雨丝细细密密，纷纷扬扬，像雾，像云，又像风，荡漾着人们的心扉，滋润着游客的心田，真是“沾衣欲湿杏花雨，吹面不寒杨柳风”。当我们乘着火车北上离开武夷山的时候，只见车窗外远处的武夷山群峰，烟雾缭绕，时隐时现，如美人披上了面纱，更增添了我们的惜别之情。此时，面对冲泡着岩茶的玻璃杯，茶汁金黄，香气袅袅，闻着馥郁的香味，品尝着甜丝丝的岩茶，脑海里不禁浮现出伶牙俐齿的女导游的笑容、茶艺村姑袅娜的身姿和传说中茶树仙姑的朦胧形象，看来我们带走的不光是醇美的武夷山茶，还带走了武夷山溢于山水的深情。

发表于2013年1月21日《皖西日报》

海南印象

假日去海南，我们乘坐的是海航的红眼航班，晚上从合肥骆岗机场起飞，大约两个小时就已经飞临海口上空。只见晴空万里，皓月当空，机翼下的大海仿佛一匹无垠的藏青色绸缎，点点渔火又恰似缀在上面的钻石，令人犹如进入了神话世界。

在美兰国际机场降落后，早已等候在机场的导游和大巴把我们送往酒店，沿途海口市的夜景尽收眼底，除了高楼大厦和高架桥，就是路边柔和的绿色灯光映照着的椰子树、杧果树以及其他不知名的热带阔叶植物。这些植物都是北方难得一见的，新鲜之感，顿时使睡意和倦意全无。五天的行程，就这样开始了。

旅游是海南经济的支柱产业，海南在旅游方面做足了文章，首先是轰轰烈烈的宣传造势，在海南，到处是宣传旅游景点的巨幅广告牌，令人目不暇接。其次是便捷的交通作为支撑，海航就是海南省自己组建的一家民营航空公司，航线遍及国内大中城市，给全国人民来海南架起了空中桥梁。海南全岛的交通十分发达，除了航空，高速公路、铁路、海运，应有尽有，非常完备，可以说构建了一个全方位的运输网络。海南在全国率先实行高速不收费，而把过路费加在油价里，全岛高速没有一个收费站，真正实现无障碍通行，以方便游客。所以只要一提到这一点，大家无不夸赞海南省政府的大手笔。

翌日，我们来到了博鳌。这里本来是一个荒岛，据说由著名电影明星白杨的儿子投资开发，使之成为一个集会展中心、豪华酒店、高尔夫球场和沙滩浴场为一体的旅游景点。特别是一年一度的博鳌亚洲论坛的举行，使这个原来默默无闻的荒岛成了世界知名的地方。博鳌附近的万泉河入海口有一座沙滩，把河水、海水分在两边，海水因此半蓝半黄，分为鲜明的两色，泾渭分明，难得一见。我们发现，除了原有的自然风光以外，海南十分重视招商引资，开发像博鳌这样一些新的景点，使全岛几乎处处有景可游。这其中当然也有人造景点，但由于开发合理，包装精美，服务设备到位，宣传攻势强劲，使这些景点依然对游客具有很大的吸引力。

在以后的旅途中，我们发现，海南旅游有一大特色，就是大打文化牌。海南全岛数以百计的大大小小各式各样的黎族或苗族等少数民族的民俗村，除了在五指山地区的民俗村是原汁原味外，其他的大都是改建或重建的。这些民俗村按民族生态建筑布局，再邀请少数民族演员表演，同时添加不同的游客互动节目，虽然游客明知是包装过的，但由于民族文化品位很浓，少数民族演员风情动人，大家还是兴致勃勃地参与，而且尽兴而归。比如兴隆附近的一所黎族民俗村，虽然面积不大，但由于内容丰富多彩，竟然使游客盘桓了整整一个上午，可见是精心打造的。鹿回首本来是流传于黎族的一个哀怨动人的爱情神话传说，现在被打造成一座美丽的山顶公园，并且在山顶上塑造一座巨型雕像，使得这个景点对游客中的男女青年，特别是热恋中或新婚宴尔者特别具有感召力。南山文化旅游区凭着佛经中观世音菩萨曾有十二愿景，其中第二愿即是“常居南海愿”的记载，在三亚市打造了一个大型文化旅游区；并建造了一座号称亚洲第一高度的观音巨型造像，游客几公里外就能看见。白色大理石的佛像在阳光照射下熠熠生辉，直插天际，她那温和的笑容和柔美的身姿使不少慕名而来的善男信女纷纷顶礼膜拜。

海南旅游还在独有的自然资源上发挥了巨大的优势，阳光、沙滩、海水、绿色、气候都是大自然恩赐给海南岛的宝贵财富，为海南旅游创造了得天独厚的条件。亚龙湾终年水温宜人，海水澄洁透明，水质极好，是潜水观赏的好去处。你只要潜入海水，就能看到五颜六色、绚丽多姿的珊瑚群，这些珊瑚像盛开的花朵，随着水流而翩翩起舞，婀娜多姿，令人叹为观止。

浮出水面后，只见碧空万里，蔚蓝色的海面上白帆点点、沙鸥翔集。雪白松软的沙滩上，身着泳装的少女在太阳伞下悠闲地休憩，欣赏海边美景。远处镌刻着“天涯”、“海角”的两块巨石伫立在海岸上，海浪冲击着岩石，涛声阵阵，这时你的耳边会回想起《请到天涯海角来》的旋律，使你恍如真的来到了天之涯、海之角，令人心旷神怡。

海南还有不少处森林公园，拥有各种珍稀树木。如“一箭封喉”，过去只在剑侠小说里听说过，在这里可以与其近距离接触。还有红树林自然保护区，是全国唯一的一处，十分罕见。世界稀有的热带雨林景点更是引人入胜，其中一种竹笋不长在地里而长竹竿上，十分奇特。蝴蝶谷生态园藏有 2000 多种蝴蝶标本，其中不乏珍贵稀有品种，难得一见，让你大开眼界。

海南旅游之所以环境宜人，蓝天碧水，美不胜收，还得益于有力的环保措施，在海南基本上没有什么的大的工业项目，不存在污染问题。游客在海南买到的旅游小商品大部分是广州等地生产的，包括著名的海岛服“诗尼娅”，色彩艳丽，凡来岛者几乎每人一套，也是外地加工的。值得一提的是全岛所有卫生设施都是干干净净，把服务做到了极致，给人以宾至如归的感觉。而国内其他景点就往往忽略这个看似不重要的细节，从而大煞风景。

海南旅游，给我们留下的不仅是流连忘返的美景、正宗一流的海鲜美食、导游的周到服务和各个景点接待员们热情的笑脸，更多的是从海南旅游中触发的思考。我想：海南旅游业可能因为起步较早，又与国际旅游接轨，所以不乏成功的经验。其他尚处于发育阶段地区的旅游业者，应该从中学习其好的经验，汲取其好的做法，以使本地区的旅游业做大做强，跻身于国内知名品牌的行列，所以应该将海南旅游模式推向全国，以发挥其应有的效应。

五天的行程很快结束了，在三亚凤凰机场候机厅里，导游拿出一张意见表，要我填写。我写的是：“吃能吃饱，睡能睡好。游玩不累，景色真美。空气清新，气候宜人。导游敬业，工作认真。增加景点，购物伤神。如有机会，多来几回。”

发表于2012年11月19日《皖西日报》

云雾散尽峰峦出

天目山位于浙江西北部，和我省宁国市、广德县相邻，距杭州大约 80 千米。乘车杭州西去，沿杭瑞高速约半个小时可达临安，然后下高速北上，再行车半个小时到临目，这里就是天目山脚下了。

天目山有两座主峰，东天目山高 1479 千米，西天目山高 1505 千米，因东西两座峰顶各有一池，常年不枯，状似双目仰望长空而得名。在杭嘉湖平原这一带，天目山是最高的一座山了，正因为如此，它是人们夏日避暑的好去处，号称“中国十大避暑名山之一”。近年来，杭州城夏天的气温屡创新高，使得大批的杭州市民奔向天目山，所以有“全国人民游杭州，杭州市民游天目”之说。

天目山的年平均气温只有 14℃，清静幽雅，气候宜人，十分凉爽，可谓六月如霜，住在山上宾馆，晚上必须盖被。山间空气湿润，含有大量负离子，据测算，负离子的含量刷新全国纪录，排名第一。山上终年云雾缭绕，只有在登上主峰、云雾散尽的时候，你才能看到天目山群峰叠嶂、山峦竞秀的景色。在蓝天白云的映衬下，峰峦滴翠，重重叠叠，尽收眼底，远山淡淡的轮廓朦朦胧胧，像披上一层蓝色的纱巾，看到这样的景色，仿佛置身于国画的山水画卷中，令人心旷神怡。

天目山的最大特点是闻名遐迩的国家森林公园，素有“大树华盖闻九州”的美誉。这里的植被保护得相当好，森林覆盖率达99%，山谷里深藏着大片的原始森林，几个人搂不过来的大树到处都有。站在这深邃的密林中，偶尔可见几束阳光穿过浓密的枝叶斜射下来，显得十分静谧而神奇，使人恍如来到史前世界。要不是有几声啄木鸟敲击树干的笃笃声，你会担心会不会从这茂密的森林中跳出一只恐龙来。正因为有这样成片的大森林，天目山的空气质量非常好，有森林氧吧的美称。

天目山的森林景观以“古、大、高、稀、多、美”而闻名于世，天目山保存有活化石之称的野生银杏，三人合抱以上的大树四百余株，最高达60多米，称为“冲天树”。有一株柳杉树龄已达两千多年，被称为“大树王”。以天目命名的稀有树种有85种，其中最为罕见的天目铁树和有“植物熊猫”之称的鸽子花等珍稀濒危植物在这里比比皆是。这里生长着数以千计的动植物种，是我国少有的“物种基因宝库”。正因为天目山植被丰富，如同一个植物王国，各种奇花异草，争相斗艳，所以景色之美，美不胜收。1996年，天目山被联合国教科文组织命名为“世界生物圈保护区”，足见其地位之显赫。

天目山是佛教、道教圣地，有很多优美动人的传说。其中最为著名的是南北朝时梁太子萧统不恋王位而热心于文学，置身于深山老林，在天目结庐而居，潜心编撰《文选》的故事。这部《文选》搜集了自先秦到齐梁时期的许多诗文作品，在我国历史上首开编著《文选》之先河，因而在我国古代文学史上占据十分重要的地位。后代文人常常把《文选》作为学习文学的教科书，影响十分深远。为了纪念这位皇太子，学界就以他的封号昭明命名这部文选，称之为《昭明文选》。萧统笃信佛教，后人就在他的故居建庵设堂，就是现今的太子庵。

传说太子萧统在天目山上编撰这部《文选》的时候，筚路蓝缕，殚精竭虑，终日在残编断简里苦心考证，去伪存真，沙里淘金。他并不留恋山下繁花似锦的花花世界和帝王之家的钟鸣鼎食，每日晨钟暮鼓，夙兴夜寐，粗茶淡饭，焚膏继晷，以滴水穿石的精神，呕心沥血，苦心经营，终于完成这部鸿篇巨制。其蕙质兰心，万古流芳。在物欲横流的今天，萧统太子为学术而献身的事迹，实在令人肃然起敬。作为一个文学爱好者，我这次去天目山，大半也是为了目睹这位仰慕已久的先哲的踪迹。

萧统在编写过程中心力交瘁，终于病卧在床，更为不幸的是，由于长年累月在昏暗的灯光下批阅，竟然使他的双目几近失明。这对于事业未竟的他是多么大的打击呀！然而萧统的精神感动了上苍，王母娘娘用自己的乳汁滴进庵堂的水池里，萧统每日用池水清洗双眼，最后终于治好了他的眼疾，恢复了视力，现在这个小池还在太子庵，名为“洗目池”。虽然池在山顶，但终年并不干枯，池水清澈碧透，水平如镜。据说今人曾尝试过用池水洗眼，的确有明目的功效，估计是因为泉水中含有某些对人体有利的矿物质和可以杀菌的硫化物而致。

天目山离杭州、上海这些喧嚣的大都市都不算远，这里也留下了不少名人的足迹。比如蒋介石的防空洞、特务头子戴笠和电影明星蝴蝶的香巢、周恩来曾作过抗日演讲的百子堂等。现在这里建有周恩来演讲纪念亭，以供后人凭吊。著名学者胡适、林语堂、郁达夫等人都先后来过天目山观光旅游，并咏诗抒怀，或撰文述志，为天目山留下了浓郁的文化气息。

天目山景区交通十分方便，山路并不陡峭，如体力好，可步行，上下大约需三个小时，也可以乘交通车，上下山一个小时左右，我选的是上山步行，下山乘车。这样一可以弥补体力不足，二可以沿途好好观赏美景，还可以近距离观看珍稀动植物。山阴道上，山川自相映发，景色妙不可言，使人目不暇接。松鼠在林间跳跃，山雀在空中鸣唱，恰如世外桃源，使你放松心情，把一切烦恼都化为浮云散去。沿途有古亭可供游人小憩，如遇饥渴，路边就有出售食品、饮料的摊点，十分方便。一般在两个半天以内，可以遍游主要景点，晚上在山上住宿一夜，以享受清凉。如果你去杭州旅游，时间宽裕，不妨顺道去天目山一游，一定使你感到不虚此行，而且可能还会有意想不到的收获。

发表于2012年9月27日《阜阳城市周报》

苏州园林天下秀

苏州是一座历史名城，也是一座文化名城，更是一座园林名城。苏州园林之多，园林之美，在全国首屈一指，堪称天下闻名。苏州园林是由建筑、山水、花木等浓缩组合而成的综合艺术品，通过筑山、叠石、理水、植树、种草而营造出的景观，是中国特有的园林艺术。虽由人造，宛自天成，人工造化相结合，富有诗情画意。

苏州园林始于春秋，盛于明清，据史家考据，苏州最古老的园林当数春秋时吴王寿梦的“夏驾湖”。苏州园林大都为私家园林，后经历代主人苦心经营，能工巧匠反复修葺，愈加精粹。园林主人大多为权贵富豪，文人墨客。他们往往不惜重金，四处搜罗奇石花木，精心打造园林，逐步形成园中有画、画中有诗的艺术风格，使苏州园林至民国时期已臻成熟，成为我国园林建筑艺术的精华和代表。清朝末年，首届世界博览会上，在中国展区内，曾以苏州园林为标本，仿制了一个微缩园林，令各国参观者为之倾倒。从此，苏州园林更是名扬四海，显示了中国人民的聪明才智，大长了深受列强欺侮的中国人民的志气。近年来，由于旅游业的飞速发展，文物主管单位在古园林专家的指导下，对苏州园林进行了全面整修，使苏州园林成了人们旅游观光的胜地，赏心悦目的佳境。现在，苏州园林已经被列入“世界遗产名录”，成为中华园林文化的经典。世界遗产委员会这样评价苏州园林：没有哪些园林比历史名城苏州的园林更能体现出中国古典园林设计的理想品质，咫尺之内再造乾坤。

人们常说“上有天堂，下有苏杭”，苏州能与天堂媲美，主要也是借重于园林胜景之美。据说苏州现在保存完好的园林有80多处，而最具有代表性的是沧浪亭、狮子林、网师园、拙政园和留园，分别代表着宋、元、明、清四个朝代的艺术风格。如果你去苏州旅游，想一览苏州园林风光，这五个园是非去不可的。

沧浪亭位于苏州城南，为宋代诗人苏子美所建，曾为南宋抗金名将韩世忠的住宅，是苏州历史最悠久的一座名园。园内以一座小山为中心，有沧浪石亭坐落山上，园因亭而得名。“沧浪”语出《楚辞》“沧浪之水清兮可以濯吾缨”，从园林命名足见主人学识及追求。园内建筑环山布置，楼台参差，飞檐高挑。山上古树参天，苍虬盘曲，山下凤篁丛生，藤萝蔓挂。竹柏森森，花卉荫翳，具有深山茂林野趣。园内巧用“借景”手法，以花窗镂空，使景入窗扉。竹影当窗，摇曳多姿。隔窗遥想，似有佳人，衣香鬓影，丝履匆匆，此为“借景”中的“近借”。园林还借外景广阔澄洁的水面与园林山景融为一体，山凝翠，水波平，山光水色，相得益彰。有“松高风摇枝，水静云影明”的意境，此为“远借”。沧浪亭在布局上独树一帜，故后人造园，从中多有借鉴。

网师园位于苏州城东南，南宋时为侍郎史正志“万卷堂”旧址。清乾隆年间归观察宋宗元所得，改名为“网师园”。“网师”是渔翁的意思，意在说明主人有归隐之意。嘉庆时由翟远村重建，始成现状。园以精致小巧，曲折幽深著称，是苏州园林中最小的一座。园林虽小，但内容丰富；面面有景，处处可游。园内假山与庭院相交错，对立互换；住宅与花园组合相宜，依水而筑，相互贯通。布局紧凑，结构精密，足见设计之精巧。园中有园，园外有景。水曲如北斗，庭院多错落，古柏如盖，掩映楼台。高阁凌云，小桥流水。古梅新枝，横亘清溪。冷泉沁人，松风撩衣。移步皆成景，疑在图画中。特别值得一提的是，园内建筑的家具配置，皆可圈可点，均为不可多得的艺术珍品。网师园不失为苏州宅第园林的代表之作。

狮子林位于苏州城东北，始建于元至正年间，原为画禅寺的一部分。因园内湖石假山石峰林立，其中很多状似姿态不一的狮子而得名。大画家倪云林深爱其景，曾作《狮子林图卷》。清康熙、乾隆帝下江南时几次来游。全园结构紧密，东南多山，西北多水。长廊回绕，曲径通幽。峰峦峻奇，楼台隐现，在苏州园林中风格别致。狮子林的假山洞壑设计奇巧，曲折幽深，人行其间，如入迷宫。疑无路处，豁然开朗。园内叠石累累，峰石峥嵘，形态各异。有突兀苍古之势，或清逸秀润之态，令人目不暇接。可谓假山如真方妙，真山似假便奇。园外引来涓涓清流，汇成池水碧波荡漾。清池鉴藻，游鱼嬉戏。池边有亭，倒影水中。游客可依亭观鱼，闭目听松。建在岸边的石舫，蓄势待发，绕墙而筑的回廊，引人入胜。这样的设计，使园林变得通达宽绰，以有限面积，造出了无限空间。

拙政园位于苏州娄门内，是苏州最大的园林，被誉为“中国园林之母”。明正德年间御史王献臣始建。著名书画家文徵明曾作《王氏拙政园记》和《拙政园图》与题咏，太平天国时属忠王府。园分东、中、西三部分，水面约占全园面积的三分之一。建筑大都临水面池，尽收山水景色。东园假山与池水相交错，水浸湖石，石润生苔；危岩探池，池水碧透，水绕山而成景，山映水而如画。又有馆、堂置于其间，为山水之点缀。西园流水九曲，亭阁傍水而建。衬以茂林古木，湘竹楚兰、老枫颓柳、芳草野花。曲径回廊，凌波而过。廊引人随，顾盼皆如画，景色各不同。中园以荷花池为中心，池中有小岛两座，各有一亭，与池南岸的远香堂互相照应。池中荷叶田田，绿云摇曳，荷香四溢。有亭临水，名为“荷风四面亭”。人在亭中，宛若置身阵阵荷风、荷香袭人的意境中，此亭命名实在恰到好处。中园为全园精华所在，山明水秀，亭榭精美。池广树茂，平桥低栏，景色自然，具有江南水乡风格。全园以荷为主题，设景题款，大都与荷有关，也是一大特色。

留园坐落在苏州城阊门外，始建于明代，又称寒碧山庄，以空间处理得当而居苏州园林之冠。在一个园林内能领略到山水、庭院、田园、山林四种景色，实属难得。在建园设计上，确有独到之处，足见营造者之功力。留园内建筑之多为苏州园林之首，而亭台楼阁营造之考究也是十分难能可贵。留园的中部为一泓深池，水绕山成景。环池堆石造山，楼阁互见。虹桥卧波，水光潋滟。长廊相接，曲如北斗。亭台处处皆临水，屋宇虽多不碍山。东部以建筑见长，亭台交错，楼阁掩映。花墙间隔，庭院深深。古树参天，华盖如云。又有奇石嶙峋，修竹玉立。可谓面面皆画，处处有景。庭内陈设，华美高雅，难得一见。水池之滨，立有三座太湖巨石，堆砌成山，皆以“云峰”命名。其姿态劲峭玲珑，堪为石中极品。北部石阶古道，芳草萋萋，老树苍劲，绿藤缠绕。看纤腰杨柳，听百啭黄莺，犹如来到江南农村，又有盆景园，足可览胜。西部为一土石相见的假山，在茂密的枫树中，粉墙黛瓦，色彩鲜明。登山远眺，山色空蒙，远山近廓，尽收眼底。池畔花亭处，竹掩水榭里，丝竹声声悠扬，依稀传来评弹和昆曲那婉转动听的演唱。循声望去，红粉佳人，裙裾飘逸，秀姿婆娑，情态楚楚。美景佳境，赏心悦目，恍如错入仙山琼阁。园林建筑与传统戏曲的巧妙配置，在这里真是恰到了好处。这道余味无穷的文化大餐使你在享用中，不得不叹服中华文化的多彩多姿和博大精深。

苏州园林移天缩地，以小见大，造园成景。讲究构图配置，写意多于写实。重抽象概括，求意境情趣。园林参画意，画中寓诗情，被誉为“文人园林”。在苏州游园，不但可以欣赏到精美绝伦的园林艺术，亲近大自然，更能受到中华文化的陶冶，升华审美情趣，充实文化底蕴，提升文化品位。如此之游，何乐而不为？

发表于 2012 年 10 月 15 日《皖西日报》

周庄夜色使人醉

由于行程紧促，我们到达周庄的时候，已经是傍晚时分了。一下旅游车，我们就不顾鞍马劳顿，急匆匆地穿过周庄外围的街道，直奔景区，想趁天色未晚，去好好看一看盼望已久的江南水乡古镇——周庄。

一条叫中市河的小河从古镇穿城而过，全镇依河成街，桥街相连。河岸两边是青石铺就的小街，店铺鳞次栉比。街巷和房舍的建筑并不整齐，完全按河流的走向和宽窄而定。有的地方木楼临水，有的地方小巷从骑楼下穿过。一切都显得那样自然和率性，古朴而亲切，在质朴中透露出灵性。河两岸的护堤是用石块砌就的，长满了青苔。每隔一段距离，便有一个小小的码头，供游船停泊，也方便住户洗涮。游人累了，可以坐在岸边的石台上小憩，一览古镇的景色。放眼望去，小桥流水，粉墙黛瓦，一派江南水乡的旖旎风光，恰如风景长卷，尽收眼底。

周庄最吸引我们眼球的当然是那座闻名遐迩的双桥，双桥坐落在两条小河的交汇处，两座石桥呈直角紧紧相连，所以有“一步跨两桥”之说。两桥一宽一窄，恰似手牵着手的一对恩爱夫妻。因为游客太多，桥头有管理人员在维持秩序，不时提醒大家不要在桥面上停留。我们想拍个照留念，可惜拍的都是集体合影，全是人头，半天才找到属于自己的笑脸。尽管如此，大家仍然游兴未减，因为终于如愿以偿。跟着游客在桥上走过，四周眺望，在晚霞的映衬下，河流泛起金波，楼阁倒映水中，周庄把千年沧桑和吴地文化，都写进了这小桥流水人家。

夕阳西下，落日的余晖把周庄镀上了一层金色。此时的双桥已经不再像陈逸飞油画里的景色，由于逆光的效果，倒像是一幅剪纸。桥拱和桥面上的游人，以及两岸的民居的轮廓越发显得清晰，黑白分明，竟成了印象中永远的定格。

排了半天队，我们终于在一个小河埠头登上了游船。此时的周庄已经是夜幕降临，华灯初上。两岸的大红灯笼一齐点亮，连绵不绝，有的商家还从楼上垂下串串红灯。大大小小各式各样的红灯挂满了周庄的水岸，使周庄成了红灯的海洋。灯光倒映在水中，波光粼粼，如万条金蛇在狂舞。临水楼台里，宫灯高悬。身着旗袍的俊俏女郎正怀抱琵琶，吟唱着一曲苏州评弹。虽然听不懂唱词，但那轻柔婉转的曲调，却已经令人如痴如醉。窄仄的街巷里，游人如织。店铺里熙熙攘攘，人们在热购周庄的土特产，无非是万三蹄髈、云片糕之类。

游船在河面上轻轻驶过，船尾划过的涟漪映照着岸上的灯光，像无数神奇的画笔在透明的调色板上随意涂抹着流畅的线条。摇橹的船娘意犹未尽，用软糯吴语唱起了苏州民歌《茉莉花》。船娘头戴斗笠，身穿家染的蓝底白花的土布唐装，腰间系着百折短裙，窄腰细袖，随着摇橹的节奏，腰肢袅袅摆动，形象十分可人。歌声引起众人的喝彩，隔船又传来《拔根芦柴花》，句句都传递着吴地特有的风情。歌声此起彼伏，游船荡漾在光与影的水面上，使你进入时空穿越，恍如来到了一个温馨而祥和的古色古香的世界。又仿佛躺在儿时的摇篮里，任由母亲轻轻晃动，把一身的困乏都随那河水流去。

当我们怀着恋恋不舍的心情离开周庄的时候，月亮已经升起在天际。坐在旅游大巴上，回眸望去，南湖对岸的景观灯用灯光的线条勾勒出周庄建筑的轮廓。那参差不齐的楼台亭阁的剪影倒映在水中，恰似一座仙山琼阁。此时，水波潋滟，湖面上又升起淡淡的薄雾。在雾气的映衬下，周庄的夜景别有一番风姿和情调，好似卸妆而卧的美人。在惜别的心情中，周庄从我们的视线中慢慢离去。那隔空传来时隐时现、断断续续的评弹抑或昆曲的丝竹声，像一根游丝，徘徊在耳畔。仙境一般的周庄，终于消失在夜色里。但是，那江南水乡的美景和古老厚重的历史积淀，却永远留在我们的记忆里。夜色里的周庄，恰似一杯江南米酒，醇厚而令人沉醉，值得慢慢品评，细细回味。

发表于 2013 年 4 月 8 日《皖西日报》

金秋时节金寨行

在和煦温暖的秋日照耀下，我乘坐的旅游大巴疾驶在沪蓉高速公路上，经过大顾店枢纽，开始转向西南方向。过了梅山服务区，久违的大别山扑面而来，我的眼角不禁湿润了。这不就是我多年魂牵梦绕的金寨吗？阔别了30年的我，又回到了这片神圣的土地。

20世纪70年代初，刚从大学毕业的我，满怀热血激情，向组织要求到山区去，到最艰苦的地方去，来到了向往已久的金寨县，当上了一名教师。在金寨工作将近十年，这也是我一生中最可宝贵的时光。调回家乡后，因为一向穷忙，再也没有回到过金寨。这次趁组团去天堂寨旅游之机，终于实现了期盼多年的夙愿，回到了我视为第二故乡的金寨。

古碑、南溪……一个个熟悉的地名牌从车窗前掠过，一座座青山被甩在了车窗后面，过去要跑一天的路程，现在转眼就到了。看着整齐平直的高速公路，心中不禁赞叹不已：金寨终于从一个贫困落后的边远山区步入了现代化。靠着这条大动脉，金寨已经和上海、武汉这些大都市紧紧地连在了一起。回想起三十年前，自己曾骑着一辆旧自行车，在崎岖不平的沙石路上往县城梅山奔去。下山的时候，因为路上坑坑洼洼太多，坡度又大，一不留神撞到了大石头块上，摔了一个大跟斗，肘上留下的伤疤至今犹存，成了永远的纪念。

从斑竹园下高速后，道路依然平坦，毫无颠簸之感。虽然在著名的九曲十八弯山道上遇到了大雾，车行依然平稳。雾中的山林若隐若现，像是一幅流动的水墨山水画，特别富有诗情画意。如今金寨公路交通的安全和便捷，给人们留下了深刻的印象。

车从吴店镇中穿过，昔日破败的古老小镇已经荡然无存，代之以宽敞的街道，高高的楼房，整齐明净的商店，五光十色的广告招牌和商店里琳琅满目的商品。那竹木结构小瓦覆顶矮小昏暗的店铺、碎石板铺就的小街，只能留在人们遥远的记忆中了。

天堂寨是我此行的目的地。早晨，晨光熹微，迎着清冷潮湿的晨风，在淡淡的晨雾中，我开始了登山的旅程。景区内十分洁净，各种设施周到完善，配套服务无可挑剔。工作人员着装整齐，待人热情诚恳。本土导游是一位江山旅行社的邝导，这位邝导业务十分精湛，家在燕子河，对景区情况了如指掌。她的讲解口齿清楚，内容充实，条理清晰，言语中充满了老区人民对美好家园的自豪感。和全国其他著名景区相比，天堂寨的设施和服务毫不逊色。看到这一切，我不禁为金寨县改革开放取得的成果而感到由衷的喜悦。

登上天堂寨主峰，四面眺望，只见群峰叠嶂，郁郁葱葱，连绵起伏，匍匐于我们的脚下，景色十分壮观。近处山峦，茂林修竹，挺拔玉立。远处丘壑，林海莽莽，层林尽染。在秋日的照耀下，枝叶茂密，各种树叶，色彩斑斓。放眼望去，黄的金黄，红的火红。青松墨绿滴翠，怪石突兀嶙峋。风光如画，难得一见。登山途中，又见瀑布多处，急流飞湍，从天而降，跌玉溅珠，水雾沁人。瀑布形态各异，高悬于群山之巅。有的如白练丝带，有的似蛟龙入水。巧妙的是这么多的瀑布，位置又相对集中，实为景区一大特色，天堂寨不愧为人间的天堂。

令我着迷的不仅是山光水色的美景，山下各色的楼房民居更引起我极大的兴趣。在我的记忆里，过去山民们住的是一色的草屋，砖瓦结构的都很少见。这种草屋以稻草为顶，墙是泥土掺稻草用两块木板夹着压实而成的。草屋的梁上吊着一个生铁铸成的火锅，锅下面烧的是老树根，叫“树兜子”，终年烟火不断。因为长期烟熏火燎，弄得满屋漆黑。如今这样的草屋已经全无觅处，映入我的眼帘的是一座座别墅式的两层或三层的小楼。楼房有中式的，也有欧式的，有传统的，也有现代的，风格不一。而共同的特点是窗户面积特别大，更有利于采光和通风，大大提高了人居的舒适度。信步走进一户人家，主人正在庭院里忙着为天麻育苗，见他把天麻种一个个地排在细土铺成的苗圃里。我说明来意后，主人便放下手中的活，殷勤地招呼我入座，还沏上一杯当地的名茶“六安瓜片”。坐下打量，客厅里彩电、空调、冰箱一应俱全。据主人介绍，在政府指导下，现在家家户户都在种天麻，销往亳州等全国各地的中药商贸集散市场，加上油茶、板栗、茶叶、茭白等项经济作物，每户的年收入都在十万元左右。如今农民有了致富的门路，住进城里人都羡慕的别墅。此情此景，和改革开放前的山区相比，真是天壤之别啊！

怀着依依不舍的心情，我踏上了离别的行程。大巴穿行在金寨县的腹地，而我的目光，也从未离开过窗外。忽然，一列子弹头快客从我们的头顶上的合武高铁高架桥上，风驰电掣般凌空呼啸而过，火车飞速穿行在崇山峻岭之间。目送着瞬间而去的列车，我突然想到：这高速行进的列车不就是今天的金寨县经济起飞的写照吗？如今金寨县人民的生活已经永远摆脱了落后、贫困、偏僻和闭塞，正在向幸福的未来继续腾飞。其变化之大，发展之快，实在是搭上了时代的高铁。

发表于 2012 年 12 月 7 日《皖西日报》

心香一瓣忆普陀

友人来访，饶有兴致地谈起最近去普陀山的见闻，从而勾起了我对普陀的美好的回忆。我也曾普陀一游，经历了一次心灵的洗礼。

普陀山号称“海天佛国”、“南海圣境”，为我国四大佛教名山之一，据说全岛共有寺庙禅院二百多所。普陀山的特点是无论庙宇大小，都无一例外地供奉着观音菩萨，因而又被称作“琉璃世界”、“佛地净土”。在这里，“人人阿弥陀，户户观世音”，是一个典型的观音之乡，形成了独特的观音文化。

来到普陀山，就像走进了一个观音的世界。观音相貌慈祥，美丽端庄，集女性的温柔和母性的慈爱于一身，是智慧、善良和慈悲的化身。乍一看，这些观音形象大致相仿，一般都是端坐莲台，手持宝瓶、柳枝、宝珠这三样法器，可是仔细端详，却妙相各异，形象、表情、姿态、服饰都各有特色。有手持莲花的、双手合十的、手拿如意的、手捧金珠的、手托法轮的；有的驭猛虎、有的骑宝象、有的立鳌背、有的卧荷叶；其中还有怀抱童子的送子观音、手持念珠的自在观音、法力无边的千手观音。请教了一下僧人，原来观音妙相纷呈，还有四臂观音、慈航观音、德王观音、龙头观音、能静观音、水月观音、杨柳观音、一叶观音、金刚手观音等等。而留给我印象最深的，还是那尊倾覆玉瓶，把甘露洒向人间的洒水观音。试想一下，在久旱无雨、旱魔肆虐、颗粒无收、民不聊生的时候，天上能降下甘霖，救百姓于水火，该是多么大快人心啊！

普陀山除了闻名中外的三大寺即普济禅寺、法雨禅寺、慧济禅寺外，大小庙宇在岛上星罗棋布，还有佛学院等研究机构，使整个普陀山充满了神奇的佛国色彩。加上每年众多的观音道场、观音法会、莲花灯会、佛教音乐会、佛教文化研讨会、佛教旅游品展会以及每天无数潮水般的信徒、游客的进香朝拜，佛事活动丰富多彩，可谓处处香烟缭绕，院院香气四溢。上了普陀山，你就会被这浓郁的宗教气氛所包围，竟不知置身何处。

但是，在普陀山，你又会惊叹现代文明与传统文化的共存和濡化。你会发现，行色匆匆擦肩而过的僧人都拿着时下最流行的通信工具手机，正在聚精会神的和对方交谈。你或许又能看到，庵堂庭院静僻处身披袈裟的青年信女抑或小尼姑挂着耳塞，捧着少女们最喜爱的MP5，美滋滋的在欣赏流行歌曲。甚至你还能从禅院的窗棂里看到小和尚居然面对电脑屏幕，和当下青年们一样，正在津津有味地上网。这一切鲜活的场景，又把你从虚无缥缈的神话世界拉回到现实生活中。你再往身边看，那些自称居士的信男善女们个个步履匆匆、神态虔诚而庄重。他们也身披着各种颜色的袈裟，然而随风飘动的衣裾下露出的是高跟鞋、丝袜和超短裙，以及皮鞋和牛仔裤。他们跟在敲击着木鱼的僧尼后面，排成一队，鱼贯而入，进入大殿，口中念念有词，似在诵经。那种认真凝重的表情，说明他们此刻心中绝无杂念。这一切都表明：在这里，现代文明和佛教文化之间，既有着某些冲撞和不协调，但更多的是最终的和谐和交融。

普陀山的大庙建筑宏伟，庄严肃穆，高僧云集，钟鼓齐鸣，法号洪亮，游客如织，摩肩接踵，熙熙攘攘，场面十分热闹。其实倒不如去几家地处偏僻的小的寺院，或许更能使你体验到普陀山的引人入胜之处，那里游人稀疏，环境清幽，少了几分热闹，多了几分自在。在那里，你可以领略到“曲径通幽处，禅房花木深”的深邃意境。尤其是在紫竹林景区，那里的很多小庙都深藏于竹林之中，好像与世隔绝，给人一种神秘感。特别是在月夜，明月洒下清光，竹影婆娑，听涛声阵阵，看渔火点点，面前海浪泛起银光，背后庙里诵经朗朗。此情此景，使你觉得仿佛灵魂已经脱壳而出，飞过大海，向着那皓月当空的夜空升腾。

我有早起散步的习惯，信步走进一家庵堂，见庭院空旷，环境优雅，地面全以石板铺就，四周是高大的香樟树。晨起的鸟儿在枝叶间鸣唱，更给人以静寂之感，果然是修身养性的好地方。只见一位小尼姑正在打扫庭院，我便走上前去搭讪。只见她身材清瘦，皮肤白皙，双眸明亮，眉目之间有一股聪颖的灵气，她见了我，双手合十，道了一声：“阿弥陀佛。”我也回应一声。看到小尼姑楚楚动人的样子，我不禁起了恻隐之心，心想：这位女孩如此年青，正是读书、谈恋爱的时候，为什么误了大好时光，非要到庙里当尼姑呢？我就忍不住问了一声：“你这么年纪轻轻，为什么要出家呢?”她笑而不答，继续扫地。我还不甘心，又追问一句，哪知小尼姑的回答让我瞠目结舌，一时不知所措，她停住手中的扫帚，微笑着反问我一句：“施主，你为什么不出家呢?”我呆呆地站在那里，思索着她的话语，“是呀，我为什么不出家呢?”等我转过神来，只见她已经飘然拂袖而去，不知所之。于是从这天早晨开始，这个问题就一直缠绕着我，只要闭上眼睛，小尼姑的微笑和问话便浮现在眼前，逼着我反复地思考这个命题。她的问题犹如晴天霹雳，使我顿觉醍醐灌顶，是啊，我为什么不出家呢？出家多好，可以从此了断一切烦恼，清净一生，百年之后还能立地成佛。可是，经历一番痛苦的挣扎和心灵的磨难，我还是觉得我不能出家，因为如果出家，我的妻儿怎么办？我的事业怎么办？我要顾忌的问题太多了。看来我的佛缘有限，我还是做我的凡夫俗子吧！当然，尽管如此，我还要敬佛、爱佛，因为佛永远在我的心中。特别是救苦救难的观世音菩萨，她的美德、善良、慈悲和宽容永远感动着我。想到她，就能净化我的心灵，鼓励我存善念、做善事、结善缘。所以，问佛不如悟佛，无须再为此纠结而自寻烦恼。

记得离开普陀山的时候，已经临近傍晚，渡船驶向舟山，普陀山渐行渐远。此时的普陀山被灿烂的晚霞笼罩着，霞光给岛上那尊巨大的观音铜像镀上了一层金色，显得更加神秘而安详。岛上灯火闪烁，脚下浪花飞舞。等我回首向普陀山再投上深情的一瞥时，海岛已经在天边消失，仿佛溶进了晚霞里。

发表于 2013 年 6 月 24 日《皖西日报》

三河小镇故事多

三河是一座地处江北却带有浓郁江南风情的水乡小镇，因有三条小河穿镇流过而得名。小镇的亭台楼阁，大都依水而建，鳞次栉比，掩映在绿树花丛之中。虽与江南水乡古镇相仿，但却别有一番风姿。特别是镇上那高高的马头墙，仄仄的小巷，青砖黛瓦的民居，以及飞檐翘角，木格花窗的浓郁的徽派建筑的格式。古街长巷，一律青石铺就，标志着姓氏堂号的纸灯笼，高悬在每家每户的门头，这一切，都显示出三河独特的格局与情调。由于流过市镇的河流比较宽阔，也就没有了江南小桥流水的那种景象，而是长桥卧波，横亘于清流之上。几座石桥都建造得相当宏伟，有的上面还建有桥亭，以利行人遮日避雨。河边的码头全部用大块青石砌成，十分坚固。当然，这些都是从有利于交通考虑的，因为三河毗邻巢湖，历来是江淮之间的水陆要冲和货物集散地，商贾云集，买卖兴隆，有庐州门户，通衢皖江的美称。三河又恰处于肥西、舒城、庐江三县交界之处，所以这里有一座“三县桥”，有“一桥跨三县”之说。

发达的交通，使这个处于合肥一隅的偏僻小镇演绎出了很多为人们津津乐道的故事。庐剧《小辞店》在皖中地区可以说是家喻户晓，特别是改编成黄梅戏后，借助戏曲艺术家严凤英的重新打造，更是唱红了大江南北。而这个凄切委婉动人的爱情故事正是发生在光绪年间的三河镇，《小辞店》的女主角胡春姐，就是三河镇十字街上一所小旅店的老板娘。她敢爱敢恨，大胆冲破传统礼教的束缚，勇敢地追求爱情，把一腔情爱尽付与人，这个温柔缠绵的可爱形象不知打动了多少人。而像胡春姐这样执着的爱情故事发生在三河镇，正说明了由于这里经济繁荣，物流畅通，人来客往，识多见广，人们的思想也比较活跃，更为开放和自由，才能滋生出民主思想的萌芽。《小辞店》不仅是一首爱情的赞美诗，也是一幅生动的世俗生活画卷，它真实地反映了晚清时期三河镇的经济生活和民风民俗。从胡春姐的唱词里可以看出：一年四季当中，远到芜湖、南京、上海，近到宿松、望江、石牌，各地客商往来于三河镇，其热络程度可想而知。从剧中也可以了解到：男主角蔡鸣凤是一位湖北人，他从苏、杭一带批发饰品到三河镇销售，是一个行商，本钱不大，只能算个跑单帮的。这说明当时的三河镇的商业繁华，吸引了不少的外地客商来此经商，这都为研究当地乃至安徽近代经济的发展史提供了第一手翔实资料。

在我国近代史的大潮中，三河镇常常处于风口浪尖的地位，这里曾经是当时战斗力最强，可以主宰清廷命运的淮军的大本营。民国初年，这里又成了把政治玩弄于股掌之上的皖系军阀政客的老巢。而最为三河镇抹上浓墨重彩的是一文一武两位名人，一位是曾经客居三河的学界泰斗、诺贝尔物理学奖金获得者杨振宁博士；另一位是祖居三河的抗日名将、曾被英王乔治六世授予不列颠帝国司令勋章的孙立人将军，这两位名人的出现又为三河镇平添了许多脍炙人口的故事。

国人引以为骄傲的杨振宁先生曾在三河镇母亲家的老宅读书，杨母出生于三河，这是三河人引以为自豪的。说明三河镇的确是“物阜民丰，人杰地灵”，堪称钟灵毓秀，人文荟萃之地。正因为有三河镇这一方水土，才能养育出像杨振宁这样的科技精英。如果说三河镇有什么得天独厚的条件，那就是淳朴的民风：勤奋敬业的精神和浓厚的教育意识；“耕读为先”、“尊师重教”的社会风气；励精图治、不甘人后的上进心。另外，通江达海的便利交通所形成的开放的思想环境，也有利于科学思想的浸濡，使人们视野开阔、广见博闻，这都给青年时代的杨振宁以根深蒂固的影响。

三河镇还出了一个令日寇闻风丧胆的著名抗日名将孙立人，他率领的中国远征军在缅甸仁安羌丛林里冒死解救出盟军部队共七千余名英军官兵，因而被英王授勋，成为获此殊荣的唯一的中国军人。孙立人的故事令人感叹唏嘘，这位曾经叱咤风云的一代骁勇，后来以莫须有的罪名被蒋介石关押，成为阶下囚，常令壮士扼腕叹息。如果考察三河镇的经济和民风，就不会对三河镇能出此名将感到意外。三河镇由于经济发达，自然要防范匪患，所以团练、乡勇十分盛行，当地群众也素有舞枪弄棒的习俗。从地理位置上看，三河镇是拱卫合肥的军事要塞，太平天国时期著名的“三河大捷”就发生在三河镇。加上清末战乱蜂起，李鸿章以及后来的段祺瑞等皖系军政大员在家乡网罗子弟兵，军事训练的普及，造就了一代名将，当然不是偶然的。

风吹雨打，小镇沧桑依旧；悠悠岁月，遮不住昔日的繁华，小镇风姿，如今丝毫不减当年。流经三河镇的三条小河汩汩地流淌着，在阳光的照射下波光粼粼，似乎在向人们诉说着三河镇往日的热闹和喧嚣，诉说着那一个个动人的故事。小镇的故事，虽然称不上多么厚重的历史积淀，但也放射出人文精神的璀璨光辉，为小镇增添了浓郁的文化氛围，传递着人世间的大爱真情。小镇故事多，如果你常来小镇，说不定还会发现更多人所不知的故事，寻觅到小镇更多尘封的史迹和秘闻，获得意想不到的有关小镇扑朔迷离往事的钩沉和演绎。小镇的故事，正像这流淌着的河水一样，永不停息。

发表于2013年7月12日《皖西日报》

访古探幽桐君山

桐君山位于浙江省桐庐县，在杭州市的西南方向，相距大约一百千米。在富春江和分水江的交汇处，桐君山拔地而起，突兀挺立，背后是连绵不断的群山，前面是一望无际的平川。富春江绕山而过，桐君山的倒影沉浸于江水之中，风景秀丽如画，恰好合上了那句诗："江作春罗带，山如碧玉簪。"

来到山脚下，只见景区大门的石牌坊上镌刻着三个醒目的大字"桐君山"。估计可能是因为毗邻桐君山的著名景点太多，比如杭州西湖、瑶琳仙境、天目山、千岛湖等，所以来此地游玩的游客并不多。加上山里环境保护、水土保持工作做得相当好，绿荫蔽日，古树盘根，修竹玉立，山道弯弯，显得十分清幽。空谷中偶尔传来几声清脆的鸟鸣，更使山林给人以静谧空旷的感觉，像是来到世外桃源，恍如进入人间仙境。

随着海拔的升高，山路也逐渐陡峭起来，白云低低地压在山坳里，随着山风在缓缓地流淌。空气湿润润的从我们的身旁飘过，淡淡的、轻轻的，像云、像雨、像雾，又像风，仿佛伸手就能扯下一把。通向山顶的石阶上，铺着一层厚厚的落叶，走在上面，软软的，加上飘散在周围的雾气，就好像置身于云梯之上。

山里真是气象万千，变幻莫测。刚转过一道山岭，眼前又是一片晴空，顿觉豁然开朗。浓郁的密林里，大树从树根到树干都长满了青苔，绿油油，毛茸茸，像是给树木裹上一层毛毡。我们感觉好似走进了原始森林，密林深处，开着不知名的山花，在穿过树枝的一束束阳光的照射下，显得通灵剔透，特别鲜艳，特别水灵。

山路转了一个弯，已经来到了半山腰，见一座小亭建在路边，名为凤凰亭，亭的四个檐角高高地挑起，恰似凤凰的尾羽。卖茶的老板娘殷勤地招呼我们入座，歇脚品茗，端过茶杯，顿觉清香扑鼻。原来沏的是山泉水，泡的是野山茶，茶汤碧绿，啜上一口，淳厚里带着甘甜，余味爽口，觉得是从未喝过的好茶。遥望远处似隐似现的山峦和云遮雾锁的密林，想到此行的目的是为了拜谒仰慕已久的药王，此情此景此境，心中不禁想起了一首古诗：“松下问童子，言师采药去。只在此山中，云深不知处。”

走过一处悬崖，耳边传来淙淙水声，原来这里的瀑布不像别处，别处一般都是飞流直下，白练高悬，而这里却是汩汩清泉，从石缝里涌出。泉水叮咚，飞溅在长满青苔的石块上，再汇成涓涓清流，溪水在卵石间穿行，最终注入了墨绿色的深潭，这就是桐君潭。泉水在深不可测的石潭里驻足停歇，潭水中时时升起串串银色的水泡。掬起一捧水品尝，发现水质特别纯美甘冽，唯有赞不绝口。溢出清潭的泉水继续穿行在乱石密林间，由于光照的反射，发出耀眼的波光。泉水最终消失在幽深的山涧里，只留下潺潺的水声。

登上山顶，面前十分开阔，桐君祠、桐君塔、桐君亭等与桐君有关的建筑一字摆开。楼阁相连，殿堂重叠，建筑古朴而典雅，虽无富丽堂皇之感，却也雕梁画栋，令人行止仰之。洁白的汉白玉石栏，绿色的琉璃瓦，深红的圆柱，都表现了后人对桐君这位护佑健康之神的崇敬。百姓对健康和长寿的期许，演化为对医师和药师的崇拜，甚至加以神化，尊奉为君王，使中华传统医药文化在这里达到了登峰造极的地步，这是其他国家和民族的文化中少有的现象。

在桐君祠的庙堂供奉着我国中药学的鼻祖——黄帝时代的药师桐君，只见他慈眉善目，面带微笑，须髯飘逸，满面红光。据传桐君曾著有《桐君采药录》，识草木金石性味，并首创以“君、臣、佑、使”作为中医药配伍的处方格律，沿袭数千年，至今仍为中医师所采用，不愧为我国中医药的始祖，所以后人称桐君山为“药祖圣地”。祠内还供奉着从春秋战国时期的扁鹊，到东汉的张仲景、三国华佗、东晋葛洪、唐代孙思邈、宋代王维一、明代李时珍，直至清代王清任等历代先贤名医。由于他们的勤奋努力，使中华医药文化代代相传，并且发扬光大，他们在这里和桐君一起，享受到后人的尊敬和供奉，是当之无愧的。为了弘扬中华医药文化，北京同仁堂、重庆桐君阁、杭州胡庆余堂等久负盛名的百年老字号药店都在这里开设了分号，借桐君神威，扩大影响，也为桐君山增添了光彩。据说桐君山还在每年的十月举办“华夏药祖朝圣节”，届时海内外华人、中药厂商及医药界名流，齐聚这里，进行丰富多彩的纪念活动，可惜我们来得不是时候，也就无缘一睹热闹的场景了。

登临峰顶的四望亭，极目远眺，见富春江烟波浩渺，一群白鹭，掠过江面。曲岸流沙，危岩嶙峋。几叶扁舟，白帆点点，碧空万里，波光潋滟，恰似一幅山水长卷，闻名遐迩的《富春山居图》就是以这里的如画胜景作为描绘对象的，人在画中，才能体会到“江流天地外，山色有无中”的绝美意境。转身俯瞰江对岸的桐庐县城，朦胧可见高楼林立，车水马龙，繁花似锦，似能听到依稀传来的车辆的喧嚣。此时此刻，只能惊叹传统文化和现代文明，在这里是多么的和谐和统一。

发表于 2013 年 7 月 15 日《皖西日报》

记两个鲁迅公园

目前我国以鲁迅先生命名的主题公园有两个，一个在繁华的大都市上海，一个在海滨名城青岛。我曾恰巧先后游历了这两个公园，领略了一南一北两个鲁迅公园的秀丽风光。作为一个文学爱好者，也从中寄寓了对一直怀有崇敬之心的鲁迅先生的缅怀和追思。

上海的鲁迅公园位于著名的闹市区四川北路附近，始建于清光绪二十二年，至今已有百年历史。当时这里属于租界的一部分，开始是营造一个供军训和体育竞赛的运动场，后来又划出一部分兴建公园，从1922年起定名为虹口公园。初期的公园是仿照英国风景园林的风格设计的，所以公园带有浓郁的英伦之风，比如宽阔的草坪，修剪整齐的灌木，雕刻着花纹的花岗岩的栏柱，使用沙滤水的饮水器等等。

因为鲁迅先生在上海生活过多年，鲁迅在山阴路的故居就在公园附近，而且生前曾多次来过公园，新中国成立后，为了体现上海人民对鲁迅先生的爱戴和怀念，上海市人民政府于1956年在公园新建鲁迅墓，并兴建了鲁迅纪念馆，以供人瞻仰和凭吊。1988年，公园正式改名为鲁迅公园，并对公园进行扩建和重修，新建部分大都具有中国古典园林建筑气派，所以鲁迅公园成了中西合璧的公园的典范。

在像上海这样高楼林立、车水马龙的都市，到处都是密不透风的建筑群中突然出现鲁迅公园这一块绿洲，真使人感到心旷神怡。闹中取静，是公园的最大特点，这里没有了闹市的喧嚣，人们听到了鸟鸣，这里没有了霓虹灯的闪耀，人们是满眼滴翠，能置身在大自然的怀抱里，鲁迅公园实在是可贵的好去处。

鲁迅墓是公园的主体建筑，墓前立有鲁迅先生的青铜坐像，先生坐在藤椅上，似在沉思，表现了一位伟大哲人的睿智。坐像下是青青的草地，两旁是高大的翠柏。凝视着先生的雕像，不禁想起毛泽东当年对鲁迅先生的评价："鲁迅的方向，就是中华民族新文化的方向。"我在座像前深深地鞠了一躬，然后拾级而上，登上一个平台。迎面是一个照壁式的大型墓碑，上有毛泽东题写的鎏金大字"鲁迅先生之墓"，字体雄健而苍劲。下面是鲁迅先生的墓穴，左右各有一株枝叶浓密的桧柏，为鲁迅夫人许广平和儿子周海婴亲手所植。平台左右是石柱花廊，已经被茂密的紫藤所覆盖。墓碑后有一座土山，生长着松柏、香樟、樱花、蜡梅、桂花等鲁迅先生生前喜爱的花木，花开花落，由它们陪伴着先生在这里长眠。

鲁迅纪念馆是一座江南民居风格的建筑，粉墙黛瓦，使人联想起鲁迅的家乡——江南水乡绍兴。纪念馆周围修竹玉立，竹竿挺拔，竹叶繁茂，恰似先生刚直不阿的品格。馆内陈列着大量的手稿、遗物和文献资料，使人目不暇接。目睹先生的遗物，我得以平生从未有过的这样近的距离了解到先生奋斗的一生和伟大精神，受到了一次心灵上的陶冶和洗礼。

青岛的鲁迅公园坐落在著名的汇泉景区，面对莱阳路，背靠大海。公园为一狭长地带，沿海岸展开，长约一公里，占地约四公顷，面积是上海鲁迅公园的一倍。这是一个半自然状态的临海公园，具有得天独厚的条件，山光水色，相互交融，海阔天空，视界开阔，景色十分壮观。

公园最初是在清朝末年由侵占青岛的德国人栽种的一大片黑松林，当时的目的是营造海岸防护林带，同时作为毗邻的海水浴场的游客夏天蔽日之处。1929年，日本人侵占青岛后，把这里改造为“曙滨公园”。国民政府收回青岛后改为“海滨公园”，并开始大规模地营造，亭台楼阁皆为中国古典制式，青岛解放时，已初具规模。1950年，为纪念鲁迅先生，青岛各界人民代表一致同意将公园改名为“鲁迅公园”。

公园的大门是一座石砌的牌坊，高大巍峨，檐角高翘，雕梁画栋，牌坊正中镶嵌的匾额上红底镀金的“鲁迅公园”四个大字格外醒目。走进大门，迎面可见的是一座用花岗岩雕琢的鲁迅先生的立像，先生昂首挺胸，目光炯炯，傲视前方，神态坚毅，表现出革命文学家的凌云气质。我怀着无比敬仰的心情，环绕雕像一周，耳旁似回响起鲁迅先生的诗句：“横眉冷对千夫指，俯首甘为孺子牛。”

走过石砌的花径，我依次来到“鲁迅自传碑”、“鲁迅诗廊”、“呐喊台”等景点，仿佛走进了鲁迅先生的文学创作世界。树立在“凝翠亭”中的“鲁迅自传碑”是采用先生的手稿放大，镌刻在石碑上的，设计别出心裁，非常方便游客阅览。细读这篇自传，不过千字，却记述了先生五十年的经历，表现了自己的人生态度。用语洗练，记述平实，是先生散文的典范之作，读后更使人对先生的文风仰慕之至。

信步在“鲁迅诗廊”里徜徉，诗廊里铭刻着那些耳熟能详的先生的诗句：“寄语寒星荃不察，我以我血荐轩辕”、“忍看朋辈成新鬼，怒向刀丛觅小诗”、“血沃中原肥劲草，寒凝大地发春华”、“曾惊秋肃临天下，敢遣春温上笔端”、“心事浩茫连广宇，于无声处听惊雷”……使我重读后感到格外亲切。先生的剑胆琴心，都凝聚在这铮铮有声的经典式的诗句里，它们曾给我以鼓舞，曾使我振奋。

公园按海岸的走势形成长长的绿化带，依岸环海，依势造型，取自天然。各处景点由石径相连，穿珠叠翠，石径逶迤曲折，按地势高低，形成落差，有的平如坦途，有的砌为石阶。园内植物以黑松和翠柏为主，形成鲜明的特色，黑松大都已有近百年的树龄，盘根错节，虬枝苍劲，每一株都枝繁叶茂，郁郁葱葱，显示出无限的生命力。高大的翠柏挺拔而立，直冲云天，相对低矮的黑松则把枝杈尽量向四周伸展。横竖皆有景，相对亦成趣。

建在海岸上的公园得以和海水亲密接触，岸上巉岩嶙峋，峭石突兀，海水拍打着岸边的礁石，激起阵阵浪花，赭红色的礁石、蔚蓝色的大海、雪白的浪花和海边的青松形成强烈的色差对比。海风过后，松涛阵阵，海浪翻卷，仿佛在合奏着一首英雄交响乐。近处的浴场上，人们在海水中嬉戏。远处的海岸上，高大的楼宇鳞次栉比，形成一道城市的剪影，一群白色的海鸟在天空翱翔。再向天际眺望，蓝天白云下的海天相接处，几艘轮船若隐若现，好似海市蜃楼。海滨景色，美不胜收。

如果从园林建筑的角度来比较，青岛的鲁迅公园依托浩瀚的大海，洒脱自然，粗犷奔放，具有北方园林和海滨公园的特征。而上海的鲁迅公园则精心设计，巧夺天工，是中国古典江南园林和西方园林相结合的佳作，钟灵毓秀，清新怡人，在林立的高楼集群中尤为难得。两个鲁迅公园各具特色，各有千秋，都是值得游历的地方。特别是置身其中，更能领悟到一代文学巨匠鲁迅先生的精神风貌，受到深刻的教育，这才是最可宝贵的。

发表于 2013 年 11 月 22 日《皖西日报》

去烟台看大海

盛夏酷暑，炽热难当。听说烟台是个避暑的绝好去处，还能看到大海。于是正值三伏时节，我们顶着暑热，不远千里，从内地来到了著名的海港名城烟台，开始了这次令人难忘的旅游行程。

到达烟台的时候，已经临近傍晚。看海、玩海，当然离大海越近越好，所以就住进了濒临大海的一座高层酒店。房间在十二层，宽大的玻璃窗正好面对大海，真是一个名符其实的海景房。拉开窗帘，辽阔的大海仿佛就在脚下，蔚蓝色的海面一览无余。晚霞映红了半个天空，橘红色、黄色的云彩挂在天边，海天相接之处，太阳的余晖放射出夺目的白光。俯瞰大海，这时的海面非常平静，微波荡漾，布满了像鳞片一样的涟漪，就连拍打着岸边礁石的浪花，都显得那么轻柔。几片白帆，游弋在港湾，想必是舢板运动爱好者正在训练。打开窗户，一阵海风扑面而来，清爽里还带着一点咸味，让人心旷神怡。

夜幕稍稍降临，此时的海洋像一匹深蓝色的丝绒绸缎，在夜色里发出片片粼光。远处半岛的海岸，高大建筑物灯火通明，五颜六色的霓虹灯在闪烁，和海水里的倒影交相辉映，海浪阵阵，把水中的光影轻轻摇晃，五彩缤纷，像是一个童话世界。遥望远海处，几艘停泊在外海轮船的灯光忽隐忽现，使大海变得更加幽深和神秘。在凉爽的海风里，我们枕着有节奏的海涛声，很快进入了梦乡。

第二天的气温是摄氏26度，十分宜人。我们迫不及待地换上了泳装，走进游人密集的沙滩，在无数的躺椅和遮阳伞中穿行，扑进了盼望已久的大海。和大海亲密接触之后，才发现海水不是想象的那样清澈，而是略有一些浑浊，估计可能因为是近海，海水较浅，泳客又太多的缘故。海浪一阵接一阵地把身体托起，就像躺进了儿时的摇篮。海水的表层由于日晒，略有些暖，下面的海水就有点凉了，泡在海水里，夏天里那些炎热和汗水的烦恼都已经跑到爪哇国去了，这里唯一的感觉就是清凉和惬意，才知道什么叫享受。可是，在海水里时间泡长了还觉得有些冷，甚至还打了一个寒战，于是又游上岸，在沙滩上晒一会儿太阳，身上晒热了，再回到海里。不知不觉，一个上午的时光就这样消磨掉了，在海里游泳，感觉真好。

看海、玩海，还得吃海，来到海边，当然要吃海味。海贝、海蜇、海鱼，是少不了的，当然还有当地的名产张裕葡萄酒。我们要了一盘盐水海贝、几只清蒸海蟹、几条烤黄鱼，外加号称“烟台焖子”的油煎凉粉和著名的鲜鱼水饺。其实都是些寻常菜肴，钱没花多少，可是大享了口福，才知道什么叫“生猛海鲜”，那鲜味呀，真让你一生难忘，这才真叫过把瘾呢。

遇到双休日，海滨泳场上挤满了身着各色泳衣的游客，简直是密不透风，海滩上像是在举行一场超大型的泳装比赛。海水里的人们更为稠密，浅水湾里已经是人挨人了，可岸上的人还是像下饺子一样往水里去。这时的泳客大部分是本地人，烟台人几乎个个会游泳，游泳仿佛就是他们的天性，既然他们生在这里，当然更有权力享受这得天独厚的条件。阳光、沙滩、海水，这是大自然给他们的恩赐，玩，就要玩得尽兴。看到他们一个个乐呵呵的样子，作为外地人，多少总有点嫉妒。

遇到浴场人多的时候，我们就去远离闹市的海滩去赶海。拿着从小贩那里买的小铲，提着小塑料桶，我们赤脚信步在金黄色的沙滩上，捡拾海水冲上来的海产。沙滩上光照十分强烈，所以要戴上草帽和太阳镜。潮水一波又一波地冲来，在你的脚丫下流淌，叫你有一种说不上来的舒服。海滩上可以捡拾的真不少，一上午我们就满载而归，小桶里盛着小海星、小海蟹、小海螺和各色贝壳，还有些不知名的小鱼和小虾。虽然皮肤晒黑了，可是大家仍然兴致勃勃，不愿离去。

海边的小卖部里，各种旅游纪念品琳琅满目，使你目不暇接，商贩们殷勤地向游客推荐自己的商品。这里的纪念品大都与海有关，最多的是各种各样、五颜六色的贝壳和海螺。大个的海螺上布满了刺，放在特制的木座上，可以作为客厅和书房的摆设，还有白色的珊瑚树，据说要千万年的时间才能长成。五角的海星晒干后，通红通红的，十分惹人喜爱。还有从沙滩上捡来的鹅卵石，布满了各色花纹，让喜欢收藏的石友们不忍离去。最多的当数穿成串堆成堆的各色珍珠项链，不过因为不内行，也不敢问津。最终买了几个用海螺粘成的工艺品，都是些憨态可掬的小动物，作为回去送给亲友的“伴手礼”。

这次来烟台，最为难忘的是恰遇了一次台风带来的大海潮，令人惊心动魄。一开始听天气预报，说是台风过境，还没有引起注意，可是电视上越来越频繁地在播放有关台风的新闻和防台的知识，才意识到，台风离我们不远了。其实后来才知道，台风并没有在烟台登陆，只是擦过山东半岛的外海，所幸如此，也正因为这样，我们才领略到了台风的威力。

台风来袭的时候是后半夜，已经熟睡的我们被窗外夹杂着暴雨的狂风惊醒。风带着雨，重重地砸在玻璃窗上，发出沉闷的声响。窗外一片漆黑，暴雨如注，雨水像瀑布一样从窗上落下。闪电带着雷鸣，划破长空，照得满屋如同白昼，接着是霹雳阵阵，雷声隆隆，让人多少有些感到恐怖。这时已经无法入眠，只好坐在床上，慨叹大自然的威力。随着风暴声渐渐离去，我们不知不觉地又进入了梦乡，那哗哗的涛声最后竟成了催眠曲。

等到一觉醒来，已经是满屋朝阳，好一个大晴天，天空湛蓝湛蓝的，好像昨天夜里什么事也没发生。只是风仍然很大，玻璃窗仍然在摇动。放眼望去，台风虽然过去，可是余威不减，加上恰逢天文大潮，海面上完全覆盖着白色的巨浪，浪涛滚滚，汹涌澎湃，整个大海像在沸腾，浪头卷起的飞沫直冲天空。这是我毕生从来未见到过的景象，只有惊叹不已，脑子里联想到的是：恐怕传说中的哪吒闹海，神话中的孙大圣龙宫借宝中的阵势也不过如此吧。

我们来到滨海路，这里的海滩和海边的绿化带已经被波浪所淹没。路上全无行人，只见白浪滔天，一个接着一个，扑向岸边，浪高估计有十多米，所谓的惊涛骇浪也不过如此。绿化带的树枝上挂着被海浪冲上来的海藻和海带，最有意思的是在海边的一座建筑物的墙上，居然贴着几只海星，估计也是被海浪推上去的。滨海路有几条通向沙滩的小巷，此时已经被倒灌的海水淹浸，成了浪花翻滚的溪水和急流。在蓝天白云下，透过阳光的照射，飞溅的浪花和奔腾咆哮的巨浪让人觉得似乎置身在海底世界水晶宫中。

离开烟台的时候，已经是夜色阑珊，我们从珠玑站登上了开往济南的火车。在闪烁的灯光里，火车缓缓启动了，可是，那海水、海滩，海景却仍然在我脑海里浮现。此时，火车的广播里传来了动人的歌声："大海啊，大海，是我生长的地方。海风吹，海浪涌，随我漂流四方……"我不由得动了情，也随着歌声哼了起来。大海啊，你充满神奇，充满活力，充满迷人的色彩，将永远留在我的记忆里。

发表于2013年8月2日《皖西日报》

天柱名刹三祖寺

三祖寺坐落于天柱山风景区南大门山脚下的野人寨，与石牛古洞山谷流泉摩崖石刻相邻，这里山高林密，溪流潺潺，景色十分清幽。三祖寺为佛教禅宗的发祥地之一，传说佛家禅宗三祖僧璨大师曾以此为道场，驻锡弘扬佛法，最终在此立化，佛界尊此为第十四洞天，五十七福地，号称“禅林谁第一，此地冠南州”。

三祖寺又名乾元寺、三谷寺，其来历十分蹊跷。据寺内方丈称：南朝梁代，佛教盛行，所谓“南朝四百八十寺，多少楼台烟雨中”，就是那时的生动写照。传说当时南京道林寺高僧，时为国师的宝志，看中了俗名谷口凤形山的这块宝地，而江南云游方士白鹤道人，也看中此处。两人同时向梁武帝呈报，申请在这里造刹建观。武帝为显不偏不倚，遂命二人各显神通，以物识地，得者而居。宝志与白鹤道士遵命斗法，宝志以所抛锡杖卓立此地，而白鹤道士手中羽扇所化的白鹤却不知所之，结果宝志取胜，遂得此宝地。民间关于宝志传说很多，众人所熟知的活佛济公就是由宝志演化而来的。宝志得地后先在此居洞习静，后有何氏三兄弟一心向佛，更为宝志的行为所感动，献出私宅，才得以兴建土木。开山建刹时自名“菩提庵”，初具规模后，才被梁武帝赐名为“山谷寺”，后人为纪念后来的主持僧璨，才更名为“三祖寺”。

三祖寺依山而建，庙宇按山势逶迤而上，前低后高，型如簸箕。寺门在山下，上书“乾元禅寺”，字体雄健而敦厚。有台阶可拾级而上，进了山门，再沿阶而登，即为寺院。寺院因建于山坡之上，布局紧凑。前为天王殿，中为大雄宝殿，后为藏经阁。两侧分别建有佛堂、观音阁，院内还有信心亭、立化塔、解缚亭等，均与僧璨的事迹有关。虽空间有限，但亭台楼阁，红墙黄瓦，雕梁画栋，依然宏伟壮观。寺院最后还有一石洞，名为“三祖洞”，洞内有一石刻三祖的画像，画像上的僧璨神采奕奕，双目炯炯有神。整个寺院掩映在苍松翠柏之中，四周林木繁茂，绿荫环绕，景色宜人。

寺院后面的山顶上，有一座高耸矗立的觉叙塔。据记载，塔始建于唐朝末年，为砖木结构，后多次毁于战乱，至明嘉靖年间才得以重修，但在以后的年月中因年久失修，几近颓毁。改革开放后，政府拨重金修葺，遂恢复原貌，胜景得以重现。目前仍保持着唐塔的风格，塔为楼阁式，七层八角，塔壁嵌有大小佛像佛雕，十分精美。内有台阶可以登顶，塔顶为镇塔宝瓶，铸有咒语。层层飞檐挑角，悬有风铃，山风吹过，铃声清脆悦耳，可谓“风送铃声山云林，云随梵音上山巅”，仿佛在向游人诉说着三祖寺的变迁。

觉叙塔是为了纪念三祖僧璨而修建的，塔底藏有僧璨的舍利。传说佛教禅宗的初祖为达摩，曾在少林寺附近的嵩山面壁十年，后将衣钵传于二祖慧可。慧可立雪断臂求法，曾在山谷寺内修行十几年，向普通百姓传授佛法，留下著名的木棉袈裟。现岳西县司空山所建二祖寺，即为纪念这位高僧。慧可又将衣钵传给三祖僧璨，僧璨在此寺主持直至终老，并把禅宗佛理及修行心得，写成《信心铭》，使禅宗佛法有了文字依据。据说僧璨在大树下为众人说法时，立而含笑合掌而终，颇具传奇色彩。现寺内有一高大的五针松，树根隆起，如苍虬游走，树干粗壮，枝繁叶茂，华盖如云。传说僧璨就是在这棵大树下讲经的，算来应有一千多年的树龄了。

坐在僧璨讲经的大树下，闭目若有所思，只听得耳边松涛阵阵，引起诸多遐想。遥想佛教禅宗的这几位初创者，之所以能将禅宗佛理发扬光大，还是靠了改革精神，而不拘泥于祖制。二祖慧可脱离繁华都市，来到山野百姓中，向大众传播佛法，不像前人，信徒只限于达官贵人，遂使禅宗影响在民间日益扩大，香火旺盛。三祖僧璨打破了禅宗“以心向传，不立文字”的规制，在禅宗中第一个以文字形式著书立说，写下诗歌体的《信心铭》，便于记诵传唱，使禅宗的传播更为方便快捷，深入民心。可见唯有改革，才是一切事业发展的原动力。

步出山门，空气清新，视界开阔。天空如洗，洁净无比，蓝天白云，山风徐徐。远眺天柱山，在碧空的映衬下，十分雄伟壮观；俯瞰潜河水，波光粼粼，河水蜿蜒流向天际；环顾四周，林木葱葱，竹篁摇曳，一派旖旎风光。回首再望寺前高大的石牌坊上，“三祖禅寺”金光闪闪的大字，顿时觉得，原来所谓的“佛国净土”，只不过是人间山水画卷中的一景而已。

发表于2013年9月2日《皖西日报》

品尝美食在扬州

扬州大学的顾黄初教授曾和我合作过一本书，书的定稿会是在杨大召开的，于是便有缘得以“下扬州”。虽然不是在“烟花三月”，但是这座历史文化名城的湖光山色，如画胜景，的确给我留下了难以忘怀的印象。那瘦西湖的依依杨柳，二十四桥明月夜的水波潋滟，无不时时勾起我对扬州的美好回忆。而其中印象最为深刻的，莫过于在闻名遐迩的富春茶社品尝过的早茶了。

富春茶社的老店位于扬州古城的中心，国庆路德胜桥附近，是一座两层楼阁的中式古典风格的建筑。门庭为四角亭台，古色古香，门楣上大书“富春茶社”四个金字。大厅正中高悬“淮杨第一楼”的匾额，气势恢宏。装潢陈设，雍容华贵；红木家具，富丽堂皇；假山盆景，典雅古朴；处处鲜花，赏心悦目。这座茶社，清代已负盛名，民国时誉满江左。著名文化人巴金、冰心、郁达夫、朱自清、梅兰芳都曾光临茶社，有的还专门撰文记述，纷纷交口称赞，有“不进富春门，等于未到扬州城”之说。茶社经营的早茶，是淮扬菜系的正宗典范，只有在这里，才能品尝到原汁原味的扬州美食。顾教授特邀我们在这里一聚，一是尽地主之谊，二是庆贺合作成功，三是为了让我们能领略到淮扬美食的风味，也不枉扬州一行了。扬州作为国家级旅游名城以后，富春茶社更是名声大振，接待任务十分繁忙。据顾教授说，座席是在一周前预订的，否则根本排不上队。进了茶楼，只见前后左右食客云集，大都为碧眼金发的外宾，才知道果然名不虚传。

落座以后，一壶好茶就上了桌。茶注入杯，顿觉香气馥郁，茶汁醇厚，色泽碧绿。啜上一口，甘洌可口，回味悠长。原来此茶，名为“魁龙珠”，是用本地产的珠兰、西湖龙井、太平猴魁合制而成的。集苏、浙、皖三地名茶之长，风味十分独特，实在妙不可言。

早茶开席后，几只冷盘就先声夺人。其中主菜是最有名气的“大煮干丝”，干丝所用的豆腐干选料精细，在轧制时加入火腿丝、笋丝、肉丝、虾米等，再用特制的卤汤卤制。干丝细如发丝，据说这厚不过二厘米的豆腐干，竟被厨艺精湛的厨师先批为三十片的薄片，再切成细丝。仅这一道菜，就体现了淮扬菜的刀功，干丝用鸡汤煮就，味道极为鲜美。

其余几个小盘是顾教授特为我们准备的驰名中外的扬州酱菜，这酱菜并非茶社所有，而是顾教授专门从“四美”酱菜厂选购的，意在让我们品尝一下扬州酱菜的美味，共有萝卜头、乳黄瓜、宝塔菜、什锦菜四种。扬州酱菜具有鲜、甜、脆、嫩四大特点，讲究色、香、味、形，不加任何防腐剂、染色剂，保持蔬菜纯天然的色泽和味道，以特殊的工艺腌制而成，曾在国际博览会上获奖。品尝之后，感到个个精美绝伦，不同凡响，作为开胃菜，正是恰到好处。

早茶的重头戏是陆续登场的各色汤包，顾教授是扬州本土人士，据他介绍，扬州人素有吃早茶的习惯，这一点和广东人不分伯仲，所谓“早上皮包水，晚上水包皮”，概括了扬州人的生活方式。早上到茶社吃汤包，所以叫“皮包水”；晚上到澡堂洗浴，所以叫“水包皮”，看来扬州人不但生活环境好，有美景相依，而且很会享受生活。

按照荤素搭配的惯例，我们先后品尝了荠菜包、肉包、野鸭菜包、麻辣鸡包、霉干菜包、海鲜包、萝卜丝包、蟹黄包等等，这些小笼包的共同特点就是皮特别的薄，馅十分的鲜，并且各具风味。而盼望已久的三丁包终于是“千呼万唤始出来”，作为压轴登场了。这三丁包是以鸡丁、肉丁、笋丁为馅，故名三丁。传说乾隆下江南御驾扬州时，对御膳提出的要求是“滋养而不过补，美味而不过鲜，油香而不过腻，松脆而不过硬，细嫩而不过软”，十分苛刻。于是当地厨师就按照这“五不过”的标准，共同推出了这款包子。当时用料除了这三丁之外，还有海参丁和虾丁，主要以黄酒为调料。乾隆吃过赞不绝口，于是名扬四海。开始称五丁包，后来在茶社推广时，因海参、海虾价格高，大众难以接受，于是除去这两丁，才有今天的三丁包，人称“天下第一品”。

早茶的谢幕之作是富春大汤包，只见面前的这只包子硕大无比，满满的放在一只小笼里，小笼恰似为包子量身定制的。顾教授嘱咐我们，吃时要“轻轻提，慢慢移，先开窗，后喝汤”。有专用吸管，插进包子皮里，先把汤美美地吸光，然后再吃馅，馅里放有猪肉、虾肉、蟹黄、鲜贝，都是真材实料，当然味美无比。最后才吃皮，皮薄如纸，汤汁全浸在内，味道依然不减。这时才感觉到，扬州人真的很会吃，扬州菜真的做到了极致。

这天的早茶还有三道招牌菜不得不提，那就是翡翠烧卖、水晶肴肉和蟹黄狮子头，都是茶社的本帮看家菜。翡翠烧卖的馅专用扬州本地出产的“梅岑青菜”为主，加入虾米、火腿茸等，由于皮薄几近透明，色如翡翠，故而得名，食之清新爽口，滑嫩糯软，十分可口。水晶肴肉是以独特工艺把腌好的猪肉“硝制”而成的，选料精细，肥瘦相宜。肉质紧致，呈玫瑰般的暗红色，香脆爽嫩，不油不腻，切成的薄片可以透过光线，晶莹剔透，状如水晶，故称水晶肴肉，颇具特色。蟹黄狮子头其实就是一个大肉丸子，放在小碗里加上高汤清蒸而成，其形状很像狮子的头，所以叫狮子头，色如芙蓉，令人馋涎欲滴，咬上一口，流膏溢腴，满口皆香，令人过口难忘。

据顾教授介绍，这顿早茶其实并没有花多少钱，实在只能算小吃而已。这不是自谦，因为我们并没有吃到真正的淮扬大菜。尽管如此，我们已经是十分满足了。大块朵颐，茶足饭饱，齿颊余香犹存。茶余饭后，突然想到：扬州早茶味美，美就美在“讲究”二字上。选料讲究，火候讲究，刀功讲究，何能不美？看来无论做什么事，只要在讲究上下功夫，那就一定会成功。这跟我们写书，不也是一样的道理吗？只不过我们为人们提供的是精神大餐罢了。我把这从吃中悟出的心得告诉顾教授，顾教授莞尔称道，颔首赞许，意味深长地说：“看来吃也能吃出学问啊。”我们都会心地笑了。

发表于2013年9月6日《皖西日报》

秋游乌镇菊花黄

秋天是乌镇一年中最适宜旅游的季节，不冷不热，气候宜人，我们就在这样美好的日子里，来到了闻名遐迩的江南水乡乌镇。

蓝天白云下的乌镇，秋高气爽，枫叶火红，金桂飘香，游人熙熙攘攘，穿行在乌镇窄窄的小巷里、石桥上。导游的各色小旗在成群结队的游客头上晃动，不时传来导游通过话筒介绍景点的此起彼伏的喧嚣，把一个古色古香的小镇变成了闹市。但是，游客们的兴致丝毫未减，因为这里的一切着实迷人。粉墙黛瓦，小桥流水，乌篷船在水面上穿梭往来。小巷深深，黝黑的青石板被行人磨得锃亮，这一个个的镜头，仿佛把人们带进了历史的穿越。

在乌镇，你可以在加工银器的小铺里向正在打制银饰品的工匠请教制作的工艺，或者一起鉴赏品评银饰品的精湛之处。你还可以到古老的糟坊里品尝远近闻名的三白酒，在堆积如山的酒坛前，面对着大酒缸，饮一杯这土产的烈性酒。那酒入口后，火一般的燎嘴，让你不得不大张了嘴，想把那浓烈的酒气哈出来，然后从内心发出一声赞叹：“好酒！”当殷勤的酒房老板再送上一杯时，你只有摆手婉拒的可能了，甘拜下风地说上一句："谢谢！不胜酒力了。"

你也可以信步走进乌镇特有的家织棉布蜡染作坊，欣赏院子里挂满的正在晾晒的蓝白花土布，那种靛蓝的颜色和白色的花纹形成了鲜明的对比，在蓝天白云的映衬下特别艳丽。而染坊的姑娘们穿着印花布的唐装显得婀娜多姿，充满了中国情调和中国气派。在充满古典风情的民俗馆里，你将大开眼界，因为面积不大的展馆里，竟然陈列着一百多张从明末清初到民国时的各式木床。这些木床张张都是用名贵的硬木经过精心雕刻后，再拼装而成的。讲究的睡床竟多达几层，很像一个小型的楼阁。雕刻的题材不外乎神话传说、戏剧人物、花鸟鱼虫，每件都堪称精美绝伦的工艺品。你还可以来到布鞋制作坊，和师傅近距离接触，看一双布鞋是怎么经过她们的巧手缝制而成的。这些布鞋全部是家织棉布做成的，鞋底是手工纳成的千层底，这种布鞋柔软，跟脚，透气性好，特别养足。还有乡土气息极浓的虎头鞋，穿在孩子的脚上，那就是地道的中国娃了。

乌镇有一个地方你是不能不去的，那就是中国现代文学史上赫赫有名的文学巨匠茅盾纪念馆。这里是一座典型的中国清代江南民居三进三出的庭院，原为江南有名的立志书院，木窗棂格，木雕柱梁。茅盾先生的雕像上方悬挂着匾额，上书"有志竟成"，这既是书院的宗旨，也是茅盾毕生献身文学事业的写照。馆内陈列着茅盾生平事迹的图片，在伟人面前，我们只有景仰之情。

乌镇还有很多值得一看的地方，比如修真观。和别的道观不同，这座道观的大门上居然挂着一只硕大的算盘，长约三米。两边的对联写的是："人有千算；天则一算。"说的是人算不如天算，自然规律和社会发展规律不可抗拒的道理，让人不得不点头称道。看来过去游方的道士用算盘为人算命，确实有些渊源。乌镇还有一处始建于清代的消防队，叫“乌青水龙会”，又称“集贤坊救火会”。这是街坊自发组织的非专业性的消防机构，大门装着方便进出的木栅，室内摆放着水桶、水车等消防器材，看来早年的乌镇虽小，市政配套设施却相当完善，人们的消防观念也比较强，这是应该继承的。

游人们还乐于争相去茅盾小说《林家铺子》的原型林家铺子留影纪念，这部小说改编为电影后，给一代人留下了深刻的印象。站在今天的林家铺子里，遥想当年为生计而奔忙的林老板和命运多舛的林小姐，再看现在店铺里喜笑颜开的女店员，实在慨叹时代变迁给百姓带来了多么大的幸福和安乐啊。其他如余榴梁钱币陈列馆、江南木雕陈列馆，藏品均丰富精美，也都值得一睹。

离开乌镇前，我们在镌刻着“乌青毓秀”匾额的高大牌坊下的小酒店里，要了几样小菜，一壶黄酒。听店家介绍，方知原来乌镇是由穿镇的小河分割成的乌、青二墩组成的，故有乌青毓秀之说。第一道菜是油炸豆腐干，那焦黄的豆腐干配上鲜红的辣椒酱，引得人馋涎欲滴。这豆腐干不像别处，臭得让人不敢问津，而是略带一股腌菜的味道，很有特色。笋干炖排骨，味道全在笋干里。笋干相当细嫩，不像别处嚼起来费力。清蒸鱼是当地特有的一种淡水鱼，细细的鳞片没有除去，只放了极少的一点盐，加上几株葱丝和姜丝，保留了鱼的本色，原汁原味，味道十分鲜美。最后一道霉干菜烧肉，看上去黑不溜秋的，其实真的好吃。霉干菜那种特有的风味，让你过口难忘，特别下饭，这道菜被我们吃得干干净净，也是乌镇给我们留下的最美好的印象之一了。

离开乌镇的时候，不禁再一次回眸对小镇投以深情的一瞥，只见石桥边水岸吊脚楼的阳台上，几盆金黄色的菊花正在怒放，在阳光的照射下，显得特别的娇艳美丽，和历尽沧桑斑驳陆离的青瓦木楼形成了鲜明的对比，千年古镇在改革开放的今天，重新焕发了青春。这座本世纪初才推向市场的小镇，已经成为国家级 4A 景区，每天吸引着数以万计的慕名而来的游客蜂拥而至。既是因为厚重的历史积淀，也是时代赋予的机遇，更是实现中国梦的魅力之所在。

发表于 2013 年 10 月 14 日《皖西日报》

泛舟西湖荡清波

秋高气爽的日子里，在杭州已经盘桓了几日，西湖外围的几处景观都已经走了一遍，湖光山色，美景如画，确实令人沉醉。午后，我们按计划在集贤亭码头雇了一只游艇，开进了绿水荡漾的湖面，准备在湖上畅游个尽兴。进入湖面后，视界开阔，水天一色，景色美不胜收。明代诗人刘基称赞西湖“大江之南风景殊，杭州西湖天下无”，一点也不夸张。想到清代文人刘鹗在《老残游记》里描绘济南大明湖时曾说，“四面荷花三面柳，一城山色半城湖”，觉得用在西湖这里，也十分妥帖。玉界琼田三万顷，着我扁舟一叶。我们沿西湖南岸，向着断桥荡去。水边杨柳绿丝垂，修竹万竿映湖水。只见断桥之上，几位穿红着绿的女子撑起太阳伞，亭亭玉立，真是景美人亦美。一自西施采莲后，越中生女尽如花，十分养眼。联想到《白蛇传》里为爱情自由而奋力苦争的白娘子，不禁感慨万千，真是时空有别，人世间迥然不同啊。

沿着白堤，我们的小船来到了平湖秋月。岛上柳荫如烟弄碧，柔条拂水飘绿。秋季群芳过后，现今唯有菊花香气四溢。不过西湖的荷花依然星星点点，在绿叶的簇拥中瞋目含娇，雪白嫣红。楼外楼佳肴闻名遐迩，可惜价格令人咂舌，我们囊中羞涩，不敢问津，只有在楼前拍了一张合影，也算到此一游。不过船上的一杯西湖龙井，汤汁碧绿，清香沁人心脾，也算饱了口福。回到船上，我们向着另一个小岛阮墩环碧进发，湖水平如镜，云日相辉映。荷风送香远，空水共澄鲜。半卧在船头，仿佛进入了一个了无尘埃的大千世界。

天风水平琉璃滑，不觉船移。微动涟漪，惊起沙禽掠岸飞。穿过跨虹桥，我们来到了曲院风荷。只见岳湖里已是满湖荷叶田田，原来荷香就是从这儿飘来的。茅盾先生特有的瘦金体书写的“曲院风荷”四个俊秀的大字在大门上矗然而立，巧妙的被填成翠绿色。这位中国现代文学史上的巨匠与杭州有着不解之缘，名人题款，更为西湖平添了更多的文化气息。

船从苏堤的东浦桥下穿过，我们沿苏堤春晓，向三潭印月驶去。站在船头，四处眺望，水是眼波横，山作眉峰聚。欲问船家去哪边，眉眼盈盈处。只见远处的三潭印月，烟柳画楼，风帘翠幕。此时已是斜日半山，冥烟笼岸，似卧西湖边的美人，朦朦胧胧。登岸以后，方知湖上有岛，岛上亦有湖。曲桥引人入胜，小亭正好休憩。夕阳中的绿荷随风轻舞，湖岸上的老树绿荫蔽日。小桥外，红枫点点，黄芦翠竹。清波上，睡莲刚醒，游鱼穿行。最美应数几株桂，花色如金香袭人。

游艇摇过苏堤中的望山桥，我们进入了西里湖。放眼望去，秋色连波，波上寒烟翠，山映夕阳天接水。晚云高，青山隐隐水迢迢。水波淡淡起，白鹭悠悠下。水随天去秋无际，夕阳西下，人在图画里。此时，天空忽然飘起了细雨，淅淅沥沥，洋洋洒洒，更添了几分情趣。船儿荡过花港观鱼，因为没有带雨伞，我们便没有登岸。只见岸上的芭蕉晕红着雨，柔柳轻摇和烟，别有一番景致。

小雨锁澜桥下穿，扁舟撑出柳荫来，我们又回到了西湖。此时山林涌云，烟霭纷纷。遥望杭州城里，已经灯火黄昏。雷峰塔上，虹灯闪闪。烟波满目，千里清秋。小雨也不知什么时候稍稍地停了下来，雨水云断波已平，倒转青天作湖底。只见云层里现出朦胧淡月，湖水幽深，远山星火点点。湖中游船的灯光，倒映湖中，和天上的秋月相辉映。大自然这静谧如梦的世界，绝非人工制作的“西湖印象”所能替代的。

我们在柳浪闻莺和游船惜别，结束了这次湖上难忘的一游。西湖胜景，确实不可比拟。清代的文人洪昇曾说过：“西湖一勺水，阅尽古来人。”游湖过后，觉得这一评价真是恰到好处。

发表于 2013 年 11 月 4 日《皖西日报》

纵横谈论阜阳人

阜阳地处中原地区的东南部，习惯上人们把淮河以北的人称为北方人，阜阳位于淮河北岸，阜阳人当然应属北方人。但是阜阳在历史上是楚国的一个属国，受楚文化影响相对较深，楚文化又是典型的南方文化，所以和那些地道的北方人如关东大汉、山东大汉们相比，阜阳人又略带些南方的味儿。历代由于战乱、水患，大批的山西人、河南人或来阜阳避乱，或逃荒，或经商；抗战时期，又有江浙一带的商人迁来阜阳，经商避乱兼有之，造成了南北的大融合。阜阳人在顽强地保持着北方人的性格的同时，又受到南方文化的熏陶，于是，在南方人眼里，阜阳人是地地道道的北方人；在比阜阳更北方的北方人眼里，阜阳人又只能称得上是南方人。

对阜阳人不能一概而论，因为阜阳的人口超过欧洲很多国家，面积也不算小，因此，阜阳的北半部和南半部的人就有些差异。比如界首人和原属阜阳的亳州人，倒真有些北方人的性格：豪爽、耿直、讲义气，女同胞也是如此，所以才有花木兰的传说。善饮是北方人的特点，因为北方寒冷，酒能御寒。亳州人更是豪饮，据说古井镇由于酒厂办得多，那里的麻雀肚里都有二两酒，因为常食酒糟的缘故。界首、临泉、太和一带在酒桌上还有“走盅”的习惯，酒桌上的盅可以“走”来“走”去，外地人不谙此道，常常是一场酒走下来，三天都不愿意再闻酒气。阜阳北部的人们就是用这种独有的酒文化方式表现出他们的热情、好客、大方。但是，阜阳东南部的颍上人和原属阜阳的凤台人，除了也具有北方人的共同优点如勤劳、朴实、善良之外，还具有精明、稳重、善于思考的特点。我国历史上著名的谋略家姜尚出生于临泉、治国良相管仲出生于颍上，这都不是偶然的。

值得一提的是界首人，由于历史的原因，界首在抗战时期曾是黄泛区在皖北能西到汉口，东去上海的水陆码头，又处在抗战区和敌占区的边缘，中原地区的农产品要从这里外运，内地紧缺的西药、染料又要从这里进口。于是这里成了一个十分重要的商埠，一时商贾云集，灯红酒绿，俨然都市，被誉为“小上海”。这使得界首人的商品观念、经营意识都比较浓，接受新事物也比较快。改革开放初期，界首市的民营企业就曾推出过几个国内知名的品牌，如“奇安特”旅游鞋等，使得人们不得不佩服界首人的超前意识和创新精神。

阜阳沿涡河流域的几个城市工商业都比较发达，历史上也曾经有过像老子、庄子这样的人文巨擘，这是一个很有趣的“涡河文化带”现象，篇幅所限，这个论题只能请专家论述了。

阜阳由于地处偏僻，水旱灾害频繁，百姓生活艰难，教育十分落后。不像安庆、徽州等南方发达地区，土地丰饶，读书以求功名蔚成风气，金榜题名，状元辈出。遍查阜阳史籍，仅在元代中过一位状元叫李黼，以后就再也和这一殊荣无缘。明、清两代阜阳城南相继兴建过文峰塔、奎星楼，借以提升文气，但终无效果。只是民国以后，阜阳才出了一位和徐悲鸿、吴作人等人齐名的旅法画家吕霞光，算是为阜阳人争了光。新中国成立后，阜阳又出了一个被誉为“当代大禹、三峡功臣”的科技精英，中国工程院院士、三峡建设总工程师郑守仁，让阜阳人又一次感到了自豪。也促使阜阳的青少年学生以他们为榜样，刻苦读书，为阜阳争光。

在阜阳还生活着不少少数民族兄弟，其中以回族最多，他们有的从远祖就定居在这里，也有历代从北方迁居至此。回汉两族兄弟在阜阳和睦相处，共同建设自己的家乡，据报载，最近在颍上县赛涧乡，还成立了回族自治乡政府。当年为修筑濉阜铁路，原驻湖南的铁四局二处的筑路大军来阜安营扎寨，并相继修成了阜淮、京九等铁路线，为阜阳市的交通事业和经济繁荣、社会发展做出了不可磨灭的贡献，该局职工中就有不少人属于南方的苗族、土家族、壮族等少数民族，如今他们也成了阜阳人。有如此多的兄弟民族的共同努力，阜阳的明天会更好。

发表于 1999 年 6 月 18 日《阜阳日报》

鸟文化趣谈

鸟文化作为生态文化和茶文化、酒文化、服饰文化、饮食文化一样，都是中华文化的重要组成部分。文明初创时期，我们的先民就爱鸟、崇拜鸟，有的部落还以鸟为图腾。考古发现，很多远古的岩画上，就刻有很多鸟的形象，和人的形象在一起翩翩起舞。我国西北一些少数民族自诩为“鹰的后代”，而大西南的少数民族有的则为自己的祖先是孔雀而引以为荣。在我国最古老的文字甲骨文中，就有鸟字。百家姓中，还有以鸟为姓的，如“乌”。据考证，上古时代，我们的祖先在举行祭祀活动中，就以鸟的羽毛为装饰，作为尊严和权力的象征，比如，在现在的祭孔大典中，就有执雉尾的仪仗。古代很多动人的传说都和鸟有关，如“精卫填海”、“凤凰涅槃”、“七夕鹊桥”等，表现了天人合一、万物一体的哲学思想。

古代诗文里，很多篇章都以鸟为题材，作为起兴或歌咏的对象，如我国第一部诗歌总集《诗经》里，就不乏这样的作品，最为著名的当数一首爱情诗《关雎》：“关关雎鸠，在河之洲。窈窕淑女，君子好逑。”脍炙人口，传诵至今。其他还有像“鸿雁于飞，哀鸣嗷嗷”、“鹤鸣于九皋，声闻于天”、“嘤其鸣矣，求其友声”等。在汉乐府中，关于鸟的诗句，也存不少，如“翩翩堂前燕，冬藏夏未见”、“胡马依北风，越鸟巢南枝”、“月明星稀，乌鹊南飞”等。西晋陶渊明的诗里，咏鸟也有多处，如“飞鸟相与近”、“望云渐高鸟”、“羁鸟念旧林”、“众鸟欣有托”等。唐诗宋词里，也沿袭了这种风尚，有不少关于鸟的佳词丽句，优美篇章。如王维的诗句“秋山敛余照，飞鸟逐前侣”、“月出惊山鸟，时鸣春涧中”、“草枯鹰眼疾，雪尽马蹄轻”。孟浩然有“春眠不觉晓，处处闻啼鸟”，李白有：“人行明镜中，鸟度屏风里”、“众鸟高飞尽，孤云独去闲”，杜甫有：“自去自来梁上燕，相亲相近水中鸥”、“留连戏蝶时时舞，自在娇莺恰恰啼”、“两个黄鹂鸣翠柳，一行白鹭上青天”，白居易有：“几处早莺争暖树，谁家新燕啄春泥”、“风翻白浪花千片，雁点青天字一行”、“在天愿作比翼鸟，在地愿为连理枝”、“织为云外秋雁行，染作江南春水色”。宋代柳永更有“日上花梢，莺穿柳带”、“断鸿声里，立尽斜阳”的佳句。黄庭坚有“春天踪迹谁知？除非问取黄鹂；百啭无人能解，因风飞过蔷薇”。秦观有“莺嘴啄花红溜，燕尾点波绿皱”。苏轼有“卧闻百舌呼春风，起寻花柳村村同”、“花褪残红青杏小，燕子飞时，绿水人家绕”、“人似秋鸿来有信，事如春梦了无痕”。这些篇章说明了爱鸟、赞鸟在我国文化中是一脉相承的。更有甚者，南宋词人辛弃疾还把“一松一石”称为“好朋友”，把“山花山鸟”当作“好弟兄”，竟然和花鸟称兄道弟起来了。无独有偶，更有甚者，北宋文人林逋有“梅妻鹤子”之说，他把梅花看作妻子，把鹤当作儿子，可见对鸟珍爱之深。在古典神话小说里，鸟都是作为英雄形象来描绘的，如“雷震子”、“大鹏金翅鸟”等。尤其是《聊斋异志》，在蒲松龄的笔下，鸟类皆有灵性，能与人相处，鹦鹉甚至可以化为少女，与人产生爱情，最终嫁给情人，表现了古代文人对天地万物的爱，更把爱鸟的情怀推向极致。

不仅是诗文，传统绘画中鸟类也是画家们表现的重要题材，国画就专门有一类“花鸟画”，以花鸟为描摹对象，无论是宋徽宗的工笔花鸟，还是齐白石的写意花鸟，在他们的笔下，鸟类都是那么栩栩如生，充满朝气和生命力，国画家们崇尚自然美的审美观，在花鸟画里发挥得淋漓尽致。

在我国古代的常用器皿里，都可以看到鸟的造型和鸟的图案构成的纹饰。特别在西周的青铜器中，十分多见。而汉代的铜雕饰“马踏飞燕”，造型奇特，构思精巧，精美绝伦，已经成为中国旅游的标识。在传统工艺品里，也有不少鸟的题材，或写实，或变形，比如玉器，就很常见。我国古代建筑讲究雕梁画栋，在装饰和构件中，有很多鸟的形象，彩绘中更为多见。典型的是作为厅堂间隔用的屏风，多为“四扇屏”，以“春、夏、秋、冬”四季为题，其中画面总少不了各种鸟类。在传统服饰里，鸟的形象常常被精细的绣在衣裙上，鸟的造型常被制作成妇女的各种头饰，比如凤冠。最值得注意的是封建王朝建立以后，各种鸟的图案开始用在各级官吏特别是文官的官服上，作为识别官位和级别的标志，成了权利的象征，一直到了我国最后的一个封建王朝清代，除了每顶官帽上都插一根孔雀翎之外，还形成了一个完整的表示官位的鸟类图案体系，这也是中华文化中爱鸟及崇拜鸟的一个有力的佐证。

鸟文化体现了中国文化的生态意识，表现了人与万物和谐相处的生命理念，充满了对人世间万物的爱，这就是一种生态美，极富现代意韵，所以它既是传统的，也是现代的。我国现代文化同样传承了这种精神，比如现代歌曲和舞蹈表演等艺术样式，都体现了这些美好的思想。在歌曲里，像“雪山啊，闪银光。雄鹰啊，展翅飞翔”、“五彩云霞空中飘，天上飞来金丝鸟”、“雁南飞，雁南飞……”、“大雁飞过菊花插满头”等乐句，让无数人传唱；而舞蹈大师杨丽萍的“孔雀舞”、“雀之灵”，也令无数人倾倒。流传在我国北方的民乐《百鸟朝凤》《乌夜啼》《鹧鸪飞》，江南丝竹《柳浪闻莺》《空山鸟语》《寒鸦戏水》，广东音乐《孔雀开屏》《双鹤听泉》等这些咏鸟题材的曲目，旋律或高亢激昂，或低回婉转，都给人以美的享受。因为，这些乐曲所表现出的对鸟类的热爱，也抒发了人们对大自然的热爱和对生活热爱的情怀。

养鸟在我国有着悠久的历史，《庄子》就有关于春秋时期鲁侯养鸟的记载，还说明了养鸟的正确方法。现代一般人爱鸟、养鸟、玩鸟，虽然不一定都能说出鸟文化的渊源，但是，由于历史的积淀和文化的陶冶，这种生态文化的意识已经深藏在人们的心中，融化在淳朴的民风里。它将和中华文化“和”的哲学思想，“博爱”的人生价值观一样，已经融汇在我们的血液里，作为中华民族的美德，流传百代而不衰。

发表于 2011 年 4 月 2 日《颍州晚报》

情人节里说情人

一年一度的情人节快要到了，现在不少人都主张把七夕定为中国的情人节，虽然还没有得到有关部门的认可，但大部分人都觉得，这个提议很好。我们为什么非得跟在洋人后面过西方的情人节呢？虽然我们的文化是兼收并蓄的，并且坚持文化的多元化，但也不能什么事都仿照西方，把七夕作为情人节，就很有中国特色。鹊桥相会的传说颇具浓郁的浪漫色彩，牛郎织女忠于爱情的故事更符合中国人的文化传统和审美观念，具有我们民族的品位和东方的情调，更能体现我们的生活方式。所以这个意见能得到很多人的认同不是偶然的，它既合常理，又合情理。不过到了西方的情人节，情人们还是忍不住要庆祝一番，看来爱情确实是无国界的。

过情人节自然要说到情人，但是，什么样的人才能称情人呢？这个问题不是庸人自扰。因为牛郎织女本是一对好夫妻，只怪狠心的王母娘娘把他们生生拆散了，只能等到每年七夕的那天晚上，牛郎才能挑着一双小儿女，走过好心的喜鹊们搭起的鹊桥，与爱妻织女相会。像他们这样已经生儿育女的恩爱夫妻当然不能称之为情人，但是大家都主张把七夕定为情人节，一是意在歌颂他们对爱情的忠贞，二是为了弘扬他们为争取爱情自由而冲破封建藩篱，敢于抗争的精神。

在人们的心目中，情人这个词是非常温馨浪漫，也是非常圣洁唯美的。那么什么样的关系才是情人关系呢？这还真得研究研究。首先，当然应该是一男一女，这并不是废话，因为如果是同性的，那应该叫“同志”。其次，是双方未婚，已经结了婚的就不能叫情人，而只能称夫妻了。三是他俩必须正处于热恋之中。恐怕符合这三个条件的有这样关系的才能称之为情人。

谈过恋爱的人都知道，两人一旦成为情人，便会爱得死去活来，甚至会上演一场令人唏嘘的倾城之恋。这其中有相聚时的甜蜜和幸福，也有相思时的痛苦和哀伤，特别是别离时的相依相恋，更是难分难舍，能够感天动地，催人泪下。

有的虽然也是情人关系，但一方热烈，另一方可能不那么热烈，于是一方对另一方的追求就显得轰轰烈烈。“有位佳人，在水一方。我愿逆流而上，依偎在她身旁。”“我愿做一只小羊，跟在她身旁。每天让她用手中的皮鞭轻轻地打在我身上。”如果是遭到对方冷遇，那是相当痛苦的，“求之不得，辗转反侧”，吃不下，睡不着。据说《西厢记》中的张生，竟然还为莺莺害了一场大病。

既然成为情人，肯定要山盟海誓，决心结为终身伴侣，牵手走过一生，所以大家都希望有情人能终成眷属。能使一对情人结合，叫作成人之美，情人的下一步自然是夫妻。

可是一方不那么积极，于是积极的一方便想方设法，煞费苦心，百般追求。随着社会的开放和包容，各种创意性、个性化的求爱方式美不胜收。那种单膝下跪，双手举着钻戒，怯生生地说：“嫁给我吧！”这种方式已经是太传统、太老套了。你看有的人竟敢站在人家楼下，用超大音量的扩音器向楼上喊："我爱你！"这叫超级听觉效应。还有的在人家楼的对面挂起巨幅标语，上面写着："我爱你！"这叫超级视觉效应。更有雷人不惜重金，让花店快递每天敲人家的门，送上一束玫瑰，据说一共送了九百九十九朵，才算打动了女方的芳心，这才是真正的范儿。当然也有一些比较下作的绝招，比如以死相逼："不嫁给我，我就死在你面前！"这就不大像情人了，因为情人关系总应该两相情愿才对。

以上说的都是还算正常的情人关系，还有一些不那么正常的情人。比如有的婚后才发现，两人性格不合，或者什么别的原因，于是因为一些鸡毛蒜皮的家庭琐事而争执不休，甚至撕破脸皮、大打出手，往日的恩爱荡然无存，付之东流，夫妻俩没了感情，这婚姻就死亡了。在家里得不到温暖，只有到外面找一个"红颜知己"倾诉衷肠，他们也叫情人。因为与其日子难熬，长痛不如短痛，还不如各自找个情人，重新建立家庭，忘掉过去，开始新的生活，双方说不定在第二次婚姻中各自找到了幸福，得到了真正属于自己的那一半。

有的结了婚以后，因为一方见异思迁，还没等离婚，就又找了个情人，开辟了第二战场，这叫第三者插足，这种关系叫婚外情，也叫情人。因为这种关系不能公开，只能偷偷摸摸地进行，所以非常刺激，一边搂搂抱抱，一边心惊肉跳。因为一旦被发现，不但受到舆论谴责，搞得不好，还可能被另一方告上法庭，落得个"破坏别人家庭"的罪名，再说拆散了别人，自己付出心理代价也是巨大的。

社会步入商品经济时代以后，情人关系更变得复杂了，有的利用手中的权或者钱，包养情人，称之为小三，神圣的爱情变成了有铜臭味的肮脏的交易。这类情人有一个共同的特点，就是秘密的、地下的、隐蔽的、不能公开的，而且这种情人大多都经过包装，说是“小秘”、“干女儿”、“干妹子”等等。有的人信誓旦旦：“墙外彩旗飘飘，墙内红旗不倒”，这“彩旗”自然指的是情人了。可是时间久了，情人多了，也会惹出麻烦。比如女方突然说：“我有了，是你的！”比如“要给青春损失费”！再比如“你必须离婚，我不能永远做你小妾”！“如果不答应，我就到你单位去闹！”“我就把你受贿的事全部抖出去！”等等，于是闹得沸沸扬扬，闹得心慌意乱，闹得鸡飞狗跳，甚至闹出人命，结果弄得官也丢了，牢也坐了，家也毁了。这种情人关系，害人害己，还是不搞为好。

还有一些有色心而没色胆的男人，或者喜欢幻想的女孩子，他们往往因为心理上各种各样的需求而暗恋上某个歌星、影星、球星，于是拼命搜集这些人的影视资料、网上信息、图片隐私等，把他们视为自己的情人。明知无缘结合，仍然一往情深，无奈之下，只好称之为梦中情人，所以人们就把这些被大家暗恋的对象叫作大众情人。这其实是粉丝们对崇拜者的一种单相思，如果不是爱到茶饭不思的程度，或者还没有危及婚姻家庭，倒也无可厚非。

我们确实要为情人正名。记得两岸刚刚开放时，大陆的官员向台商介绍自己的妻子时说：“这是我爱人。”把台湾同胞吓了一跳，说没想到大陆现在这样开放，情人都敢带到公开场合露面。后来才知道，大陆所说的“爱人”就是妻子，原来在台湾，“爱人”指的是情人，妻子叫“太太”。你看就隔了这么个浅浅的海峡，还差点闹出笑话。所以，在情人节到来之前，重新思考一下情人这个话题，弄清情人其中包含的酸、甜、苦、辣，品尝一下人生的百味，是很有意义的。

发表于 2013 年 8 月 12 日《皖西日报》《大别山晨刊》

好山好水须经营

六安市所辖的大别山区山高水长，景色如画，美不胜收，旅游资源十分丰富。近年来，政府和有关部门在政策导向、布局规划、基础建设、配套设施、人员培训、宣传推介方面积极投入，做了大量工作，取得很大成果，在软硬件建设方面卓有成效。老的景区初具规模，新的景区也在不断完善，旅游事业的异军突起，带动了餐饮、服务、交通等相关行业，形成了一条产业链。来大别山旅游度假的游客逐年增多，整个山区旅游格局已经初步呈现，旅游经济蒸蒸日上，已经成为振兴大别山革命老区的朝阳产业。

好山好水须经营。大别山拥有丰饶的旅游资源，而我们所做的这一切，仅仅是一个好的开局，只能说为以后的发展奠定了一个好的基础，真正恢宏的场面还在后面。除了要不断完善现有的景区之外，还要继续开发旅游资源，陆续推出新的景点，设计新的旅游线路，创设新的旅游组合，依托地方优势，形成大别山旅游的特色和魅力。比如六安市所独有的的大型水库群，是得天独厚的资源，应该加以充分利用。高峡出平湖，景色绝无仅有，灌区水声潺潺，田野一片葱绿，是游客融入大自然的绝美境界。可以开发从库区上游的山村开始，到库区、大坝、发电厂、河道、灌渠，再到下游灌区美好新农村建设的生态旅游线路，再如像列宁小学、苏维埃政权所在地等土地革命遗址都应该恢复原貌并纳入旅游线路。

要继续加大旅游景点基础设施的投入力度，提升硬件建设的档次和品位。目前旅游已经成为大众生活方式的重要内容，一方面，游客大军的队伍在扩大，富裕起来的农民正在不断地加入其中，这是一支不可小觑的力量。另一方面，游客对旅游服务的要求已经不再只是满足于“吃饱睡好就行”的基本要求，而是着眼于舒适度和满意度，酒店业已经成为景点能否吸引和留住游客的必备条件。在这方面，可以通过投资渠道吸引有实力的商家注入资金，也可以邀请知名酒店开展连锁经营，以满足不同层次的游客的要求。目前一些景点的服务设施没有跟上去，还很落后，酒店建筑没有品位，简陋、单调，缺乏个性。而且大部分由个体业者经营，缺乏专业培训，档次比较低，还仅仅处于初创阶段，还有很大的改进空间。

要对景点注入更多的文化内涵。“山不在高，有仙则名”，这句话就说出了文化内涵的重要性。大别山有很多美丽动人的神话传说和名人留下的史迹，文化内涵极为丰沛，可以说山山水水皆有故事。应该深入民间，加以充分挖掘、整理，让山水知性知音，在保留原生态的同时，使其更具人性化。古来名山皆有名刹，佛教文化在百姓中有很大影响，要满足旅客在精神寄托这方面的需求。天堂寨景点大门旁有一小庙，可惜太小，太单薄，和享誉全国的天堂寨实在不相称。如果需要保留，就应该加以重修扩建，扩大规模，增加内容，充实佛事活动，其实在这方面如经营得当，经济效益也是十分可观的。在一些景区，旅客反映有“上山有味，下山乏味”的感觉，景区门外的接待生活区一到夜晚静悄悄的，显得十分冷清，既没有好玩的去处，也没有好吃的去处，总之，没有消费的地方。不像其他景点，小吃一条街，歌厅、舞厅、浴场，搞得红红红火火。其实六安地区黄梅戏、庐剧都很流行，能否学学苏州的留园，把苏州评弹、昆曲表演都搬到园内，看美景，听佳音，真是赏心悦目。可以聘请少量演出人员，在景区内举办黄梅戏、庐剧演唱晚会，表演折子戏或著名唱段，旅客中的戏迷爱好者如有兴致，也可以登台演出。这样做一定会吸引戏剧发烧友的眼球，成为当地旅游的一大特色，既弘扬了地方戏曲艺术，也为景区增添了文化内涵。

还要注意细节，要考虑怎么能让游客乘兴而来尽兴而归。除了吃了吊锅菜，喝了小吊酒，还能留下对大别山景区美好的回忆，这就要求景点考虑怎么才能让游客在返程时，能多购买一些有地方特色的旅游纪念品和土特产。目前山区各景点的特色商品不多，有的商品无特色，山货的包装流于一般，不能反映大别山区的地方风情。应在质朴、原生态、低碳化、手工制作上下功夫，多利用山区出产的竹篾、土纸、麻织品做包装材料，以体现地方特色。应大力开发有雄厚山林资源为依托的竹、木器工艺品，如竹雕、木雕、根雕、漆器、竹编、柳编等。六安玉是一件值得大力开发和推广的旅游特产，它既有中国特色的玉文化内涵和艺术价值，又能满足人们的收藏热。如能吸引商家注资，经济价值也会扶摇直上。

要加大宣传力度，充分利用各种媒体，抓住各种时机，在海内外广泛宣传大别山旅游。黄山景区是一个妇孺尽知的老景区，仍然注重宣传，大打品牌战略，争取市场营销份额的制高点，很值得借鉴。大别山景区大部分属于新开发的，知名度不高，有时还容易使人和同质的其他省市的旅游产品相混淆，有的还藏于深山，知者不多，所以一定要打出去，争取名扬四海。最近喜见安徽电视台已经播出六安市大别山区的旅游广告片，应继续像这样把宣传工作做大做强，这样才不会辜负大别山母亲为我们留下的这份丰厚的资源。

发表于2013年9月6日《皖西日报》

后　　记

我在读大学的时候，就很喜欢沈从文的散文，觉得沈先生的散文实在是继承了中国古典散文的好传统，具有典型的中国风味和中国气派；后来又接触到沈先生的弟子汪曾祺的散文，感到汪先生把沈先生散文的特点发挥得淋漓尽致，真正做到了一脉相承。以后我在大学当老师，在给学生上课讲到汪先生的《胡同文化》的时候，就强调了这一点。

汪先生才华横溢，确实不愧为沈先生的弟子。他的笔下很多好的句子看似信手拈来，其实颇具匠心。比如京剧现代戏《沙家浜》中的："垒起七星灶，铜炉煮三江。摆开八仙桌，招待十六方。来的都是客，全凭嘴一张。相逢开口笑，过后不思量。人一走，茶就凉。说什么周详不周详。"既符合剧情的发展需要，又符合人物性格特征；既有点江湖气息，又有些传统意味。语势酣畅，一气呵成，痛快淋漓，朗朗上口，合辙押韵，真是脍炙人口。这个经典唱段能够得以广泛流传，绝非偶然。

我在大学开的课是《语文教学论》，教高师的学生将来怎么去教好语文课。其中当然也要讲怎么进行作文教学。教了一辈子的理论，可是因为专注在学术上，就很少有机会自己跳下水去试一试，写一点作文。退休以后，在家赋闲，不觉想到动动笔，小试牛刀，于是便开始了散文写作，后来谁知竟一发而不能收，居然有了几十篇，精选以后，才有了这本集子。

因为特别喜爱沈、汪二位先生的文风，尤其敬佩汪先生不写大而拉杂的长篇，而写精致的短篇；更佩服他的写作方式：不构思到字句不下笔。所以自己写起散文来也自然受到了他们的很多影响。以平常人的心态，感受平常人的生活，用平常人的话，说平常人的事。这是二位先生散文的共同特色，也成了我写作散文的榜样。虽然也努力这样做了，但自己的东西尚不能及其万一，还要继续努力，向着二位大家的方向走。

我的散文大都带有一些怀旧的情怀，但怀旧而不伤感。我认为，怀旧可以唤醒人们对往事的回忆，所以它是一个温馨而甜蜜的过程。在怀旧中，人们能够发现生活和人性的美，进而理性地看待过去和今天，从而对生活更加淡定从容，同时也使自己的精神世界愈加丰富和充实。

为方便阅读，本书分为上、下两辑。上辑以纪实手法，描绘了阜阳市的社会面貌和风土人情，勾勒出一幅作为皖西北重镇阜阳的世俗画卷，反映了阜阳在新中国成立前后和改革开放前后这两个历史转折点的发展变化，同时也展现了颍淮文化的多姿多彩。下辑则记录了作者的一些行踪，歌颂了家乡之美和祖国之美。它既是作者人生的历程，更是心灵的历程，这也是本书取名《牛车轧过的青石板》意图之所在。

这本集子的写作，还要感谢我的爱妻李萍，她给了我很多精神上的支持和鼓励，在我伏案爬格的时候，她总是服侍左右，红袖添香，玉盏斟茗；还在工作之余为我打印、校对文稿，给我的写作提供了很多方便。她是我文章的第一读者，所以总会提出一些问题，令我对文章多做一些反思和推敲。一生能拥有如此知音，我感到非常幸运。

合肥工业大学出版社诸位领导及责任编辑疏利民先生为本书的付梓出版给予了大力支持，谨表由衷的谢意。

本书所收文章，均为报刊上公开发表过的，在收入本书时，有些文章在文字上作了一些调整，特作说明。

杨　光

2014年4月于阜阳师院卧牛岭